史双元

一日看尽长安花

伟大唐诗诞生记

史双元 著

江苏凤凰文艺出版社
JIANGSU PHOENIX LITERATURE AND ART PUBLISHING

图书在版编目（CIP）数据

一日看尽长安花：伟大唐诗诞生记 / 史双元著. —南京：江苏凤凰文艺出版社，2023.7
ISBN 978-7-5594-7703-3

Ⅰ.①一… Ⅱ.①史… Ⅲ.①唐诗—诗歌欣赏—青少年读物 Ⅳ.①I207.227.42-49

中国国家版本馆CIP数据核字(2023)第074274号

一日看尽长安花：伟大唐诗诞生记

史双元 著

出 版 人	张在健
责任编辑	唐　婧
责任印制	刘　巍
出版发行	江苏凤凰文艺出版社
	南京市中央路165号，邮编：210009
网　　址	http://www.jswenyi.com
印　　刷	江苏凤凰新华印务集团有限公司
开　　本	880毫米×1230毫米　1/32
印　　张	9.125
字　　数	176千字
版　　次	2023年7月第1版
印　　次	2023年7月第1次印刷
书　　号	ISBN 978-7-5594-7703-3
定　　价	49.90元

江苏凤凰文艺版图书凡印刷、装订错误，可向出版社调换，联系电话 025-83280257

目录

时代的独白者

003 被"游戏鸡"绊倒的天才（王勃）
012 男儿有泪不轻弹，只是未到幽州台（陈子昂）
021 若非历尽沧桑，哪来云淡风轻（孟浩然）

放纵不羁爱自由

033 西域归来，依然少年（李白）
042 大唐豪华版诗酒 Rap 脱口秀（李白）
060 非发达诗人的集体尬聊（李白）
073 孤独是一个人的狂欢（李白）

杜甫是合群的

081　坚守人间良知的诗圣是怎么炼成的（杜甫）
095　现场还原杜甫辞职前的一次组织谈话（杜甫）
107　愿你的生命也曾经飞扬过（杜甫）

从前慢！

115　一篇日记引发的"时代风尚"（王维）
126　把人到中年的焦虑活成诗意（王维）
131　从明天起，我要"无所事事"（王维）
139　在云中，在松下，无言中天机自在（贾岛）

谁还没几个朋友!

147　诗家天子、社交达人的朋友圈故事（王昌龄）
156　大数据告诉你李白王维没有交集（李白、王维）
169　以诗和远方，致敬激情燃烧的岁月（岑参）

我热眼旁观

183　从唐代冬夜传来的最温暖的犬吠（刘长卿）
190　世间所有美好事物都是有缺陷的（李商隐）
201　忧郁镜像中的美丽夕阳（李商隐）
208　最忆是江南，中国人延续千年的偏爱（白居易）

志在兼济，行则独善

217　既悲且壮的大唐军歌最强音（高适）

232　玩音乐还是玩暧昧，对白居易的质疑（白居易）

238　劳动与分配，一个千古难题（罗隐）

244　大诗人也会说一套做一套（李益）

家长里短，人间热搜

255　老先生的"小清新"诗（贺知章）

263　唐诗中的"阳光女孩"（崔颢）

272　唐诗里最有情商的新娘子（王建）

281　唐诗中的放牛娃、牛仔与牧童（杜牧）

时代的独白者

被"游戏鸡"绊倒的天才

一

滕王阁经兵燹29次,但每次被毁坏以后,又获得重生,因为有王勃的《滕王阁序》长存于天地间,南昌人必须让滕王阁一次又一次站立起来,这就是文化的力量。

一次又一次的毁坏与重生中,关于青年才子王勃创作这篇赋的戏剧性故事也在滕王阁一天天地讲述着,越发生动,越发流传久远。

故事的叙述语言和讲述方式随着时代的发展和审美趣味的流变而不断更新,但故事内核却没有改变:是金子总会发光,有才华一定会绽放。

历代有众多文献绘声绘色地讲述王勃创作《滕王阁序》的传奇故事,从"一介书生"不被看好,到满堂喝彩、惊为天人,戏剧化的情节越来越丰满,故事细节越来越充满人情,我们不妨将千百年来文人集体创作的故事用今天的语言复述一遍:

唐高宗上元二年(675年)的重阳节,一个写诗作赋的好季节——初秋，刚刚重修竣工的滕王阁中传出阵阵欢声笑语，一场大型庆功活动即将举办。

与会者大都心知肚明，这是本地军政要员都督阎公阎伯屿为他的乘龙快婿吴子章预备的一场才华秀。借庆祝滕王阁修葺落成之际，让吴子章作序一篇，一来为自己治下的文化发展成就歌功颂德，二来让女婿在各位名流面前刷一波存在感，为日后仕进铺平道路。

如此重要场合，吴子章自然是早有准备、成竹在胸，按照赋体四六文隔句对的格式，此处可题词：才华怒放，吴生邀誉今日；口碑尽收，阎公传名千秋。

良辰已到，都督阎公命手下捧上笔墨，请与会高手自告奋勇，为滕王阁作赋一篇，明日"南昌郡报"头版刊登，写手将作为南昌教谕后备人选推荐给朝廷。

能拿到阎都督请柬的，都是南昌的头面人物，心知吴大公子早有腹稿，其他人即使有心一试，也无此捷达之才啊。

只见"狼奔豕突"，众人纷纷避席；蝉静鹤立，群英个个闭嘴。更有一干男女，见着阎公女婿出场，一拥而上，纷纷求签名，吴子章自然成了酒会的中心人物，阎公假意摇着头，连声感叹：老夫且退一边去，让后生一步田地。

二

　　活动进行得很顺利，承包此次活动策划的豫章文化复兴公司老总已在考虑发放奖金事宜，未曾料到，一个后生接过笔墨，缓缓说道："都督召唤，众皆谦让，小子不才，敢不献丑？"

　　众人一愣，这货谁呀，一衫白衣，京都模样，身板如此瘦弱，竟然敢闯南昌地盘？再说，就这么一时半刻，料你也整不出什么像样的文章啊。难不成又是一托，先给阎公女婿垫垫脚，再给大家开开涮？

　　此后生即路过南昌的才子王勃。

　　不待阎公发话，长史立刻走过去，以切齿温柔问道："你确信你能接这个活吗？"

　　王勃毫不谦虚地接过纸笔，回一句："没问题！"各位看官可以想象当时与会嘉宾的表情，众人大为惊诧，现场直播的画面中到处是弹幕，打的都是"？？？？？？？"，外加一条"京都小哥哥，我好喜欢你呀"。

　　据说，都督阎公对这个不通人情、硬抢风头的青年很不满意，拂袖而去，但命手下人现场跟读新鲜出炉的文字并立刻传报给他。

　　王勃落笔写道："豫章故郡，洪都新府"，都督便说："不过是老生常谈"；再闻"星分翼轸，地接衡庐"，阎公遂沉吟不语；等听到"落霞与孤鹜齐飞，秋水共长天一色"，都督不得不叹服道："此真天才，当垂不朽！"

说完就重回写作现场，主动跟王勃碰了个杯。可见，唐朝地方大员具有相当高的道德底线，既看人脉，更看实力。

王勃文思启动就刹不住了，越往后写，越是得意，文思泉涌，警句迭出："冯唐易老，李广难封。屈贾谊于长沙，非无圣主；窜梁鸿于海曲，岂乏明时？""北海虽赊，扶摇可接；东隅已逝，桑榆非晚。"

总之，才子王勃挥毫泼墨，一气呵成，再一次发挥了他"写自己的赋，让别人无赋可写"的写作特色。

一篇千古骈文就此诞生。

《滕王阁序》让一个普通的宴会成了文学史上的大场面，南昌从此增添了一个5A级风景区。

阎都督也非常高兴，轻声低唱："今天是个好日子，啦啦啦……""我从此将和滕王阁一道留名青史了，这后生，不是女婿，胜似女婿啊！"

据说，后来高宗皇帝也读到了这篇《滕王阁序》，惊叹不已，甚至想召王勃回朝廷。

写这篇赋的时候，王勃还是个年轻后生，算得上神童二期。要说王勃是神童，这可一点不夸张。

骆宾王七岁能咏鹅，但开头也就是用"鹅、鹅、鹅"来凑数，王勃六岁能文，那是真能写，别人还在描红，他已经能用文言写高考作文了；九岁，隔壁的孩子还在研究《全国小学生优秀作文选》，王勃已经通读了颜师古注释的《汉书》，一口气写了十卷《指瑕》，专门给这位《汉书》的研究专家挑毛病。

十六岁时，王勃幽素科试及第，后授朝散郎，并被沛王李贤相中，聘为王府的贴身秘书兼陪读。

此后，王勃还连续写了几篇大赋，如《乾元殿颂》《宸游东岳颂》献给朝廷，唐高宗见了，叹为奇才。王勃的文名也为之大振，与杨炯、卢照邻、骆宾王组成初唐赋界F4，并站到了C位。

三

王勃的才华在《滕王阁序》中获得盛大绽放，但他更为时人津津乐道的是另一首诗：《送杜少府之任蜀州》，这首诗充满青春的蓬勃才气，少年芳华，鲜衣怒马，执子之手，万千感慨。

但伤感过后依然意气风发，写离别而一扫惜别伤离的低沉气息，是王勃健康人生的诗意记录，也是初唐走向盛唐的报春曲：

城阙辅三秦，风烟望五津。
与君离别意，同是宦游人。
海内存知己，天涯若比邻。
无为在歧路，儿女共沾巾。

我们走近这首诗来看一看。

"少府"是唐朝对县尉的通称。杜少府是王勃的朋友,从京城长安调任蜀州(今四川崇州)任县级地方官。王勃或受委托,或自告奋勇,做了一个主题发言,表示了自己对同事远行的依依不舍,但重点是鼓励年轻的朋友要眼界远大,看好前程!

唐代文人的发言基本是以诗歌来完成,这首诗的颈联成了流传千古的送行壮语,无论是学生毕业还是好朋友调动,我们首先想到的题词就是这两句。

"城阙辅三秦,风烟望五津",这两句是写景,由近而远,从目前景物延展到远方山河。"城阙"是首都的标志性建筑,"三秦"指长安附近的关中一带。

开头写送别的地点,略去其他景物,推送出"城阙"二字,突显帝都的雄伟和气势,再辅之以开放阔大的三秦之地,一下子就把送行的"排场"做大了,好像整个长安和关中都在为朋友送行。

"五津"指四川省岷江的五个渡口,代指蜀州。远远望去,但见四川一带风烟苍茫无际,这自然是想象中的景物,也带有伤感的迷离。这一句说的是杜少府要去的处所。

诗的开头不说离别,只描画出这两个地方的形势和风貌,牵挂与祝福就自然在其中了。上一句眼见为实,下一句想象为虚,远近交替,虚实结合,对仗也很工整。

"与君离别意,同是宦游人",毕竟是送别,免不了有伤感。这两句扣题目的"送"字。其中"与"是动词,意为"分担""同感"。这两句的意思是"你我同类人,你的痛我懂"。

但好朋友杜少府去远在蜀地的县级单位任职,确实不算美差,因为唐代官场已经有"京都向心力"这个潜规则,大家都想留在京城为官。这么一想,杜少府离开京都确实是很伤心的事,怎么安慰朋友呢?怎样来提高眼界,开阔心胸,从离别的忧伤中走出来呢?因此就逼出了下面两句,也就是流传千古的名句:

海内存知己,天涯若比邻。

隋之前,中华大地战乱频仍,初唐,不仅达成了南北统一,疆域开阔,而且即将进入中国历史上少有的盛世,诗人作为时代最敏感的报春者,感受到了三秦大地的暖意,因此笔下很自然地融进了初唐气象。

这两句气势宏大、笔健意豪:我大唐已经是一统盛世,海内一体,天下一家,路途再远,距离只会增加友谊的体验,天涯和诗意在远方,也就在伸手可及的地方,你我都是青年,已经步入官场,友谊与诗意同在,前途与国运一色,我们不必伤感。

话已经说到这里了,豪情壮志也已经抒发了,接下来,还是回归到送行这个主题。

"无为在歧路,儿女共沾巾。"说"无为",也就是不必,但说明已经伤感了,忍不住伤感了,"共"字巧妙,不仅你伤心,我也伤心,写的是伤感,表达的是理解和友谊。这是对朋友的叮咛，也是自己情怀的吐露。

这首诗张弛有致，高高举起、缓缓结束；抒情到位、说理含蓄。**将一场公务员调任的悲伤离别酿成了感动千古的壮行，确实是一首送别诗的科举示范作文**。神童就是神童，你得服！

四

但是神童未必是值得庆幸的人生起点。

生活给他过早地打开了禀赋和才华这扇窗，却关闭了人情世故这扇重要的窗户。璀璨烟花落下后成了一地鸡毛。

当时贵族圈子里流行斗鸡，有一次，沛王李贤与英王李显斗鸡，王勃一时搭错筋，看到沛王手下的特种雄鸡很有范儿，排列整齐，羽翼怒张，鸡头上涂着狸膏，鸡脚上配饰了金距，一副志在必得的模样。

王勃心花怒放，写了一篇《檄英王鸡文》讨伐英王的群鸡，以此为沛王助兴。

文章充分渲染了沛王群鸡的实力，相信如果拿着檄文到现场发布，一定能振奋沛王鸡心，吓死英王鸡群，沛王当然是心花怒放、大加赞赏。但是文字触动了大唐王朝的内幕与隐痛。

唐朝早期有过血腥的宫廷斗争，兄弟阋于墙是皇上的心头大患，这一点历史知识，神童王勃未必不知，但少年心智不成熟，一高兴就忘了忌讳，竟然做起"挑拨"王子兄弟相争的游戏，还以檄文这种正规的军旅文书来发布，这就是自找绝路。

见此文，高宗龙颜震怒，判王勃一个"交构"之罪，将他逐出沛王府。神童立马成了路人甲。

后来王勃被再次启用，到四川担任虢州参军，其间，有个叫曹达的官奴畏罪潜逃，不知怎么就逃到了王勃家里，一念之仁，王勃把他藏了起来，藏起来之后又担心事情败露；一念之恶，转身动手结果了曹达的性命。

虽然有人说这是有人嫉妒英才，设局做套害王勃，但这一藏一杀，终究暴露了王勃心智极不成熟的一面。王勃入狱候判，得亏遇到大赦，才保住了一条小命，但二次被贬，为此还连累他的父亲王福畤被贬到地图上都找不到点的交趾。

王勃的一生是短促的一生，是才华爆发式展示的一生，但"迫乎家贫，道未成而受禄"，过早投身社会，进入官场，由此形成了天才早熟和心智不全、青涩苦闷的一生，最终因看穿世界，以秋水长天的绝美方式投向大海成落霞。

王勃的结局比较灰暗，一般的记载是：王勃出狱后，在家里停留了一年多，后来朝廷宣布恢复他的旧职，但王勃没有接受，他已视宦海为畏途，甚至对人生产生怀疑。

大约在上元三年（676年）春夏，王勃前往交趾看望父亲，不久便踏上归途。当时正值夏季，南海风急浪高，王勃不幸溺水，惊悸而死。

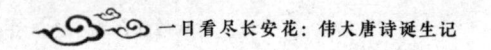

男儿有泪不轻弹,只是未到幽州台

一

一千二百多年前的一天,在漠北,在幽州台,在那一个时空结合点,孤独的大哥陈子昂如一匹离群的狼一样地悲伤了。

陈子昂是个顶天立地的男儿,男儿有泪不轻弹,只是未到幽州台。

长期失意,近期降职,才高八斗,却无人赏识,为什么"知遇"二字如此难写。必须找个地方痛痛快快地哭一场。

陈子昂找到了幽州台,仿佛前世曾经来过;幽州台遇到了陈子昂,从此成为漠北忧郁的代名词。

登台眺望,仿佛看到了那曾经的国际英才招聘大会,天下人才的共主、战国时代著名的地区联盟领导燕昭王,亲自主持招聘大会。乐毅、郭隗、田光等文史哲领域的国际精英代表纷纷出席:钟鸣鼎食,冠带招摇;釜罄齐鸣,台榭风流。

那是一个少有的人才盛世,那是一个令后代"受委屈人士"无限向往,登台则潸然泪下的风光年代。

而今，那些热闹的场面都不见了，眼前只有大漠风沙、苍茫天地。登高眺望，不见古人身影；回首来时路，不见后生行踪。

千年沧桑、百年孤独突然涌上心头，为此止不住涕泗交流，那是不由自主的爆发，风萧萧兮易水寒，英雄泪兮吹不干。

《登幽州台歌》是一首抒发怀才不遇的悲歌，表达了理想破灭、瞻前顾后而不见同行者的孤寂郁闷心情。

但这首诗又不仅仅写了一己之不遇，也书写了无数英才吊古伤今的生命悲歌，由怀疑人生际遇的合理性到怀疑时空的真实性，诗情中含有哲理，引发文坛巨大而持久的共鸣。

我们先解读诗题：登幽州台歌。

先说"登"字。

人的形体姿态常常和情绪的生发有关联，昂首挺胸，多是志得意满，低眉顺眼，无非奴才相貌。大凡要做诗，特别是写悲伤的诗，登高是古典诗人写作的最佳预备姿态，若再佩一柄长剑，拍遍栏杆，那叫一个齐活！你不想写诗都下不了台。

登台容易"勾引"诗情，古人已有总结，诗云"登高能赋"，也就是只要你登上高台，不会作诗也会吟。登高见苍茫大地，又容易引发伤感，一伤感，就有了作诗的原料，这一条，辛弃疾说得最透彻："爱上层楼，为赋新词强说愁。"

有这些铺垫，大家应该明白，今天，将有一首好诗要诞生了，因为初唐第一流大诗人陈子昂，他登高了，他悲伤了，若写不出好诗，那就对不起粉丝，也对不起自己啊。

再说题目中的"幽州台",这是不得志的贤者和英才衷心向往之圣地。"燕赵古称多感慨悲歌之士",这是中唐著名文人韩愈《送董邵南游河北序》中的警句,很给燕京人民提气。

幽州台曾经见证了中国文化的一个黄金时代,其特点就是对人才的高度重视。

当年,只要你怀揣非野鸡大学文凭或能说会道,燕国立马发给你五年期绿卡,提供公寓和饭票,五险一金齐全。幽州台上经常上演黄金档人才招聘节目,高潮迭起,人才如春天的温泉,不择地汩汩而出。

燕昭王为招聘人才,不惜开出天价高薪,对特优人才还提供真金白银、宝马香车,比孟尝君那边食客待遇高多了。当时的小国领导都兼任人才招聘中心主任,他们都明白,人才就是最重要的资源,从来没有人才过剩这一说,人才过剩,找不到位置,是你单位领导的羞耻。

高台犹在,共主已逝,当年参与盛会的各路英才隔着时间、隔着空间,无法晤谈,犹如文艺复兴时期米开朗琪罗创作的西斯廷礼拜堂天顶画《创造亚当》,"他"觉醒了,伸出手,想与创造者、过去、永恒握手,但留下的只有一厢情愿的握手姿态。

古今阻隔,连握个手都这么难,诗人想到寻找的艰难、个体的渺小、时空的永恒,唯有长歌当哭、涕泗交流了。

诗题注明是"歌",也就是歌行体,自由直率,有古气,摆脱初唐尚在流行的靡靡之音。

诗的前两句粗笔勾勒，前瞻后顾，俯仰古今，写时间的绵长；第三句登楼远眺，极目所见，写空间的无限辽阔；由此逼出第四句的情感爆发：长跪大漠，豪歌当哭，流不尽的英雄泪，任野风吹干。

二

以下我们逐句解读这首短诗。

"前不见古人"，很简单，很通俗，好像是大白话，但包含的感叹很深沉。

我们是一个有悠久历史的民族，我们是开拓今日，不忘昨天的民族。古代文人多思古之幽情，"承前"优于"启后"。"前不见古人"的"见"，其实是一个古代文人很容易动情的母题——"遇"，也就是相遇、知遇。

因为工作选择性不多，古代文人希望遇到的都是"经济型领导"，也就是"经邦济世"、政府管理型领导，具体来说就是能决定自己政治前途的君王，这其实是一个君臣际遇的母题。

重要的人才际遇应当是历史的选择，是偶然和必然的结合，但大多表现为君臣相互欣赏式的个人行为，君王独具慧眼，贤才良禽择木，你我"对眼"，一拍即合。因此，国家的人才选择、朝廷的政治布局表现为一种温情的遇合。这也增加了历代文人希望遇到贤明君主的一种戏剧化梦幻认知，"遇""见"成了富有象征意义的剧情：

　　姜子牙遇到周文王的那一刻，黄土高原下，渭河磻溪边，山丹丹花开红艳艳，周文王双手握紧了姜高参；

　　萧何月下追韩信，萧何就是韩信的白月光，那一晚，满月引发的潮动开始了汉王朝的人才造血计划，刘汉从此将满血复活；

　　刘玄德三顾茅庐，等着卧龙先生春睡醒来搭着果盘喝着春茶聊天下大势，因为他知道，从今天下午这场"遇见"开始，诸葛亮将鞠躬尽瘁，天天睡不安稳，直到陨落在五丈原，为此，这个下午首先要保证先生的睡眠。

　　为什么我陈子昂抱不世之才，却没有遇到那些明君英主呢？既然"前不见古人"，我能否穿越时空，携手"来者"，参加另一场跨世纪人才对话的盛会呢？

　　对不起，没门！

　　"后不见来者"，转换方向，掉头远眺，但远眺带来的依然是悲伤，而且是更深刻的悲伤。

　　生命的本质是复制与延续，如果没有延续，那只能叫来过一趟，活过一回；清明的坟头若没有后人贡献的香火，那叫孤魂；一个没有学生的老师，那叫寂寞。

　　除了生命密码的延续，还有文化密码的传承，那是更大的延续，是大生命的延续。但远眺的发现还是"不见来者"，一声长叹，八辈子悲哀，看不到理想的继承者，除了孤独，只有孤独。

三

这种"悲哀"在唐代比较流行，成为一时的热点话题，大凡有点文化的市井后生在谈恋爱时也常常给女子来上这么一句，立马显得高大上。

比如在长沙出土的唐代瓷器上有一首诗："君生我未生，我生君已老。君恨我生迟，我恨君生早……"感叹的具体内容不尽相同，但反映的是普遍的人生"中断"、前后不搭、个体孤独的遗憾。

这一天的陈子昂全然没有了初出茅庐时伯牙碎琴的豪迈，他朝拜古人，却看不到古人的身影，他期盼与后学对话，也听不到来者的应答。

因为空旷，因为孤独，因为文化继承的中断，他从眼前实体景观的苍茫，感觉到天地空旷的压迫，产生了对宇宙时空渺茫无极的伤感，以及宇宙中个体生命无处落脚的焦虑。

前不见古人，没能在古人面前"显摆"，没能与古代贤者对话，确实有遗憾，所以辛弃疾说"不恨古人吾不见，恨古人不见吾狂耳。知我者，二三子"。而见不到来者，是更彻骨的悲伤。

因为当下的个体生命也是匆匆登台，匆匆停留，无常是生命的形式，人的希望更多地被寄托于未来，相信来者无穷，总有赏识我这一款的君王，总有识货的后学，但今日登台寻觅，全然不见踪影，真是生不逢时；登台远眺，就是找哭来了，为此，悲从中来，怆然涕下。

阵子昂流泪了，他感受到的是一种进入中年以后的啮心的悲凉。常有的爆发应该是在某一天的深夜，半夜醒来，从事业的不顺，想到揾食的艰难，从个体的寒战，想到人类的孤独，突然对时间的本质有了极其伤感，甚至恐惧的认识。

时间到底是什么？我在时间里存在过、留下过印记吗？过去我在哪里，未来何处有我，没有我的世界还有意义吗？一种巨大的伤感扑面而来，眼泪鼻涕一起流下来。

而此刻，陈子昂又一次进入中年危机爆发期，结合着对家国、对朝廷、对时代和局势的担忧，面对无边大漠、苍茫时空，感觉到自己的极度渺小，陈子昂忍不住号啕大哭，这一哭，哭得天摇地动，哭得地老天荒。

这首诗写于武则天万岁通天元年（696年）。从这个年号就可以看出武则天的实力和野心，这是一个有机会的时代，但这也是一个管理粗放的时代，裙带关系和高层人脉是官场主要资源。虽然也有人批评陈子昂谄附武则天，但陈子昂其实是直言敢谏，因此很不讨喜，并一度因"逆党"株连而下狱。

万岁通天元年，契丹攻陷营州。武则天委派侄儿武攸宜率军征讨，陈子昂担任参谋，随军出征。陈子昂以为凭自己的才华和见解，一定有机会咸鱼翻身、大放光彩，谁知道武攸宜就是个狐假虎威、靠着卡瑟琳娜·武姑妈的威风处处嘚瑟的小人，而且本事不大，脾气不小，陈子昂反复提建议，倒显得他缺少谋略，武攸宜干脆把陈子昂降为军曹，哪里凉快哪里哭去。

诗人接连受挫，眼看报国宏愿成为泡影，因此登上蓟北楼，慷慨悲吟，好好地"凉快"了一把，写下了这首《登幽州台歌》。

四

陈子昂的长歌当哭还包含了哲人之痛苦迷思，就是对人类生存之时空混沌不可理解的迷思，对时空永恒、人类短暂这种荒谬组合的迷思。

类似的时空长叹、人间悲凉，前世哲人多有表达，只是表达的形式不一样。

孔夫子在流逝的河边长叹，时间是把握不住的，那就任其流动吧，犹如这滔滔河水，逝者如斯夫！

庄先生说得更加像个文学青年："生也有涯，知也无涯。"我这一趟来也匆匆，去也匆匆，就知道世界很大，没有边，努力学习，还是弄不明白"两暗一黑三起源"（"两暗"是指暗物质、暗能量，"一黑"是指黑洞，"三起源"是指宇宙起源、天体起源和生命起源），学到的这点知识就够我悲个伤。

这种生命哲学的深度思考集群式地出现在魏晋时期。魏晋文人对生命的来去、生命的本质加以反复思考，结论自然是不清不楚的，只是增加了对生命悲凉感叹的频度和深度。

曹孟德感叹"人生几何"？他很直率：我这样的英雄，天赋英才，怎么和老百姓一样的生命长度，这不公平，我得向天再借五百年。

曹孟德有个儿子叫曹丕，好像没有他英武，但思想的深度未必不如他。曹丕吊唁友人，想到曾经那么话多的一个鲜活的好朋友就这么躺在那里一句不吭，真是幽默啊，黑色幽默，伤感中带着苦涩，苦涩中有一种荒唐。

因此，曹丕没有套用他老爸"对酒当歌，人生几何"的名句来感叹生命之不可把握，却来了一段著名的脱口秀：人皆有一死，都已经走完生命的历程，到此刻，还要比什么高低，还要讲什么排场，还要搞什么严肃认真的仪式，都免了吧。

人的趣味其实没有高低之分，听说朋友生前喜欢听驴叫，我就学几声驴叫吧，以此表达哀思。这就是对时间与生命无法把握的黑色幽默式的抗拒。

陈子昂向往汉魏气度，也继承了魏晋文人对生命走向、存在意义的深刻反思，其中的功业无成只是一个触发点。

若非历尽沧桑,哪来云淡风轻

一

唐代诗人孟浩然,人生不算非常成功,但他在当时的诗坛地位很高,是"非主流"文人的大哥大。

他的人缘非常好,和官至右丞的王维并称"王孟",诗坛大明星李白追着他炒CP。孟浩然日常躲在襄阳,但年轻诗人和预备诗人绕个大弯也要登门拜访,哪怕他躲进深山也有人骑着电驴子一路追寻。

老孟的诗歌,老少咸宜,雅俗共赏,像《春晓》这样的作品,童蒙诗选基本上少不了,很多少年儿童被他带偏了,一开口就是"花落知多少",一副苦大仇深、老气横秋的模样。

他专心写诗,还忙里偷闲,生了六个孩子,除了文凭和官衔,他算是很成功的。

开元年间是中国历史上的好时代,经济面向好,文人普遍有获得感。科举给下层文人提供了上升通道,文人可以投书自荐,可以从军,可以做幕僚,可以玩音乐。总之,文人的活路比较多。

当然，中举的名额还是很少的，倒也因此显得特别金贵。因为中举太难，有的人一辈子死磕，像孟家另一位苦瓜诗人孟郊，不是名落孙山后垂头丧气地走在回家备考的路上，就是满血复活地行走在赶考的路上。

也有人一颗诗心，两种准备，在"干进"无门的时候，放不下的是诗卷，放得下的是焦灼，另外寻找生活的真谛。孟浩然，就是这种拿得起、放得下的隐逸诗人。

孟浩然并非天生"佛系"，在出仕与归隐之间也有过挣扎。他也争取过进入主流，他也想进步，但命运一次次告诉他，你注定是个进不了作协的大诗人，不信，你试试。

孟浩然曾放下身段长揖侯门，给张九龄献诗，并表达了进入公务员队伍的积极愿望："欲渡无舟楫，端居耻圣明。"

虽然姿态还是有点端着，但意思已经很清楚了：跟着您我就能到达胜利的彼岸，有幸生活在美好时代，我不干点什么，自己都不好意思了，您老想一想，我能干点什么！

但可能是张九龄猜不到他想要什么，或不想参加"猜猜猜"的游戏，总之，这次干谒无疾而终。王维心疼老哥，冒着大风险，"撒着娇"为大哥安排了一次从床底下钻出来"偶遇"皇帝的机会。但孟兄天生不讨喜，一开口，一腔怨气，一句"不才明主弃"把基哥（李隆基）顶出三丈远。

孟兄后来想起还是心有余悸："我只是说了两句，一句是我不算有才,第二句是您就不能人尽其才吗?这位大爷立马翻脸,吓得老弟王维像炸子鸡一样一下子满脸通红。"

功名无望,挫败感很扎心,一段时间,这种不太好的感觉像山间夕岚"无处不在":"乡泪客中尽,孤帆天际看。迷津欲有问,平海夕漫漫。"

我失落了,我迷惘了,我快找不到自己了。不行,我不能自暴自弃,我得散散心,我得另辟蹊径。

反省是自救的第一步,孟浩然终于发现这种干揖与自己的本性违背,通过不断的自我告诫,加上客观上无法进步的反复提示,他终于在青绿山水中冷淡了炙热的心思。开始在山水间徜徉,走自己的路,吟自己的诗,欣赏后院的落花,漫游长安时拉起来的QQ群也删了,甘心一生担当襄阳地区民间诗人协会秘书长。

二

孟浩然的追求经历证明了不管怎么样,你总得试一试,不试一试,你怎么能安心躺平。

休闲的时间多了,不再想着功名了,孟浩然就想到远方看看,特别是想到南方看一看。

唐人钟情南方山水,来源于六朝南渡文人的发现。对于一大批北方诗人,中原居民,他们心中的远方除了漠北,就是江南,到江南走一走，沿着谢灵运等人发现的云蒸霞蔚的路线，发现山水中的自我，也是很浪漫的举动。

当时流行 gap year（休假年），文人在追求功名之前，或落第之后，都愿意给自己放个长假——世界这么大，我要出去看看。

经六朝诗人开拓和介绍，游走江南已经成为一种流行的新山水旅游路线。唐代很多诗人都有过吴越游，李白很早就"梦游天姥"，想赖在江南，后半辈子也确实长期在南方山水中打转；王维有江南游，并在云门寺留下诗句；杜甫从开元十九年（731年）到开元二十三年（735年）一直在吴越漫游；孟浩然也有数年的江南游。

经过孟浩然踩点，王维、李白热身，后代诗人蜂拥而至，终于形成了唐诗之路，此乃后话，按下不表。

三

孟浩然这首《宿建德江》是他漫游江南时的作品，非常清淡，也非常隽永，人生哲理和宗教意识也若隐若现在山光水色中。

> 移舟泊烟渚，囗暮客愁新。
> 野旷天低树，江清月近人。

建德江是新安江流经睦州建德的那一段。诗人在一次旅途中泊舟夜宿于此，写下了这首清新隽永的五言绝句。

这首诗很短，但构思精巧、画面唯美、内涵丰富。这首诗选择了诸多典型的江南意象，融进了失意文人的许多心思。

诗人截取的片段时光，切合诗人孤独中漫游、漫游中孤独的心境：日光西落，暮色四合，思乡之愁绪与暮色一道氤氲弥漫。

月亮在日落后的暮色中安安静静地升起，笼罩清江。平常景物，写得很不平常，平常字面，用得很不平常，带一点伤感，但心情非常熨帖，这是一首贴近月色水光的走心之作。

我们顺着诗句的顺序体会一番。

起句"移舟泊烟渚"，移动小舟，停泊在水气弥漫的江渚边，寻找晚间休憩之处。

江南行舟，大多撑一支长篙，或轻摇柔橹，但"撑""摇"的动作幅度还是大了些，破坏了宁静和孤独，诗人选择的是一个轻柔的动作："移"，一个"移"字可想见小舟在水面慢慢滑行的优美。

渚是江边小洲，渚上笼烟，弥漫着水汽，景致就不一般了。世界太喧嚣，我为你找了一方净土，那里的小渚总是孤独，那里的水面总是澄清，那里的空气充满宁静，那就是南方盆景式的山水。

次句"日暮客愁新"，补出"移舟"的具体时间——夕阳西下，天色暗下来了，暮色就成了诗人的心境。到了一个新的地方，因疏离而审美，也因疏离而产生愁绪。离开家乡，漂泊在外的愁绪也在每一个傍晚积淀又更新。日暮是古代诗人最有诗绪的时候。印象派大师莫奈，他喜欢描绘早上烟气氤氲时分，池塘睡莲在日光照耀下的斑驳印象，而中国诗人更喜欢日暮风光。

四

客愁，漂泊，孤独，是做诗的源头。出外旅游本为散心，但离乡游走，也是为了追逐作诗的原料——新愁，那种凭借异样风景、异样感受而酿造的新愁。

"新"字尖巧，"愁"还有新旧之分，也只有古代诗人才有如此闲情细细分辨体会。当新愁再次附上心头，诗人的灵感也如狐魅般附身。

身在繁华都市，人们大都患有一种怀乡病，这种病还不是现代人所独有，晋代的陶渊明和后来无数文人雅士们就心心念念并身体力行了"归园田居"。这大抵是因为我们的祖先在采摘时代就奔跑在山水间、歇息在草木间，将一种自由的、无拘无束的基因植入了我们的生命。

城市诞生后，我们虽然享受着生活的便捷与丰赡，却多了很多规则与限制，我们总是要深情地回望乡村，回望生命的初始状态，回望最初安顿我们肉体与自由灵魂的故乡。这就有了普遍的思乡怀土情结，有了特别多的思乡作品。

诗人独眠异乡，贴近江南，辗转反侧，无法入眠，对眼前的每一样景物都捧在手上，沾点江水，撒点月光，慢慢擦拭，慢慢摆布。诗中的每一个意象都经过了仔细的选择，然后，散堆到一起，怎么摆怎么好看。

前面两句固然漂亮，但这首诗的后两句才是精彩所在："野旷天低树，江清月近人"，如果不算唐代山水诗歌的顶峰，也是唐代山水诗的一个精彩驿站，读者可在这个驿站中慢慢体会。

"野旷天低树"，身在野外，因为已经入夜，有朗月相照，景观就有了取舍，删除了烦琐和拥挤，就有了"空旷"的视野。"低"是动词，是写景，也是抒情。夜晚的天空不再是"天意从来高难问"，而是主动靠近大地，贴近了远方的树梢。

"江清月近人"，"近"也是动词，靠近，亲近。你举头，你望月，月亮高寒遥远，你低头，你附身贴近湿地，你借水观月，月亮就会自动靠近你，人与月不再生分，当然，前提是江清心净。

六朝艺术家宗炳强调画山水是因为"山水以形媚道"，谢灵运山水诗中就常常使用"媚"字来写大自然主动"撩"人、有意亲近人的媚态，如"白云抱幽石，绿筱媚清涟""江山共开旷，云日相照媚""乱流趋正绝，孤屿媚中川"这些"媚"字均作亲近解，用以表现自然主动与人亲密接触的态度。

在大自然的各种存在中，文人和儿童一样，自发地找到了一个自作多情的对象，一个离家出走时的陪伴，一个独自对话的客体，它就是白月亮。

五

  白天属于城市，有月光的夜晚属于乡村；白天属于尘世，夜晚属于心灵；白天属于繁华，夜晚属于宁静；白天属于策论，晚上属于诗歌。孟浩然在异乡的夜晚，贴近大江，通过大江的倒影，接近了月亮，也接近了深邃的人生。

  江与月是一切有才华和希望表现自己才华的诗人的最爱，一个诗人，如果一辈子都没有漂亮的咏月诗句，都不好意思出专集。

  今天，孟浩然找到了接近明月的最佳姿态。李白是登顶山峰，希望接近苍天，接近星星，接近月亮，但是，你越是追求，月亮越是遥远；而孟浩然，他只是在江边的小舟上，附身贴近清江，他就近距离地接近了月亮，他甚至可以以手捞月，再等水波渐平，重新获得另一种圆满。

  那一刻的孟浩然不再是生活的失败者，他是儿童，他也是才华勃然怒放的青春诗人，他四年漫游吴越，所有的辛苦都值得了。

  他自己知道，两句好诗诞生了，这是孟浩然个人心血的结晶，是唐代诗歌的顶峰之句，也是中国诗歌的精彩呈现。

  那一晚，孟浩然辗转反侧，无法入眠，清平世界，朗朗乾坤，他不担心水上流氓偷盗财物，他只担心还没有来得及把这两句诗抄送给好朋友。他知道，就是这两句诗，后代诗人将记住他，中国文化将记住他。

后生李白果然对这两句诗崇拜到心中忧伤的地步，他以生命的最后姿态诠释了孟浩然的这两句诗，他也要接近月亮，以醉酒和捞月的动作完成了诗意的最高模仿，完成了"江清月近人"的定格造型。李白醉酒捞月而结束诗意的一生，这可能是民间故事，但一定是懂得这两句诗，懂得孟浩然，也懂得李白的文人的创作。

环顾今日世界，哪里还有江清月近人？！

放纵不羁爱自由

西域归来,依然少年

一

《静夜思》是诗仙李白的名篇,也是中国文学的名片,深入人心,直达中华儿女血脉深处,中国儿童的标准记忆就是外婆、明月、《静夜思》。

这首诗五言四句,只有短短二十个字,咏物抒情,缺少纪时标志,只能纯粹凭文字来猜度写作背景,而最早留存的宋刻本与明清以后流行的私塾读本在关键性文字上又有不同。

因此,关于《静夜思》的创作时间,到目前为止,尚属猜测性的判断,大致认为这首诗作于开元年间李白漫游吴楚之时,属于年轻李白忧郁期蓝调作品。

诗歌欣赏是一种很个性化的活动,一千个读者有一千个哈姆雷特。

我对这首诗的写作时间有怀疑,纯因鉴赏而起,因审美直觉而起。在想象与推理的过程中,感觉疑点越来越多,越怀疑越像那么回事,弄得我抬头望月、夜不成寐,不拿出来与读者分享,简直对不起我的激动。

艺术品的真伪判断，最后的依据往往是看作品风格。反复阅读《静夜思》，我觉得这不像是李白写作成熟以后的诗歌风格，不像是他二十六岁前后在扬州、金陵或安陆所作（这是目前学者对这首诗写作地的判断）。

我直觉认为，这是他儿童时候的习作。让我们借一步说几句悄悄话，这首诗可能是他从碎叶（彼时乃大唐安西都护府管辖地区）随家人潜归广汉以后，在蜀中开始学习汉语，补习汉文化时期的仿作型诗歌，是儿童诗歌习作。

二

请你先把手上的板砖轻轻地放下，看一看我的"推断"。

在怼我之前，你不妨把《静夜思》连读三遍，听一听这像不像一首儿歌，它与日后李白写的其他咏月诗有天壤之别。

随意选一首诗吟诵几句，如《月下独酌》："花间一壶酒，独酌无相亲。举杯邀明月，对影成三人。"这样的诗，诗句依然清浅，但那种潇洒、恣意、奇想、个性特征，才叫一个拽。因此，把《静夜思》认作李白诗歌成熟期的作品，我怀疑。

疑者举证。本文的论述基点是，李白的祖先因罪流放西域碎叶，李白少年时随家人从碎叶归来，通过刻苦学习，汉语成为第一语言，但保留了"蛮书"能力。

李白醉心诗歌写作，逐步成长为别具一格的唐诗领军型作家，但这首《静夜思》不是成熟期的精品，而是他少年时代学习汉文化，模仿前人诗歌的习作。这首诗摸着了汉魏文人诗作的精神坐标，也触及人心最柔软处，因此而流传千古。

以下论证基于史料和合理推测。

李白的家世是迁移户，是归化人，来自西域碎叶，唐初才迁移到蜀中，《新唐书·李白传》有明确记载。近代学者如李宜琛、陈寅恪都曾发表文章，认为"太白生于西域"。真正一锤定音的结论来自郭沫若于1971年发表的文章《李白出生于中亚碎叶》，除了已有史料，郭沫若使用了范传正《唐左拾遗翰林学士李公新墓碑》（以下简称为《李公新墓碑》）、李白族叔李阳冰《草堂集序》等唐人第一手材料，直接指出：李白出生于中亚吉尔吉斯斯坦碎叶城（当时属唐安西都护府，今巴尔喀什湖南面的楚河流域）。这一结论已为许多教科书、工具书采用，延续至今。

还有更直接的证据，李白有《江西送友人之罗浮》诗，诗中有这样的话："乡关渺安西，流浪将何之？"《新唐书·地理志》载：碎叶城属于条支都督府，条支都督府属于安西大都护府，李白自己把安西称为"乡关"，是他出生于中亚碎叶的又一确证。

另外，李白有《太原早秋》诗："梦绕边城月，心飞古国楼。"这两句诗明确说梦到边城月，思念之心飞到"古国楼"，比较接近碎叶这样的唐代边城。

李家归蜀时连汉姓也没有,李白族叔李阳冰《草堂集序》云:"神龙之始,逃归于蜀。复指李树而生伯阳。"李姓当时是国姓,"指李树而复姓"有点神话色彩,也免得人家说是"攀高枝"。

李白父亲也没有正规的汉名,范传正《李公新墓碑》中说道,李白父亲回归蜀地以后取了个汉名"李客","客"字表明是归化人氏,客居汉中。

总之,李白家世有一定的胡人背景,但他成长于华夏,整体文化无疑属于汉文化,也是唐代崇尚多元文化的结晶。

三

李白游览洛阳等地时,喜欢到胡姬坐馆的酒店豪饮来自西域的葡萄酒,他诗中多有记载:"五陵年少金市东,银鞍白马度春风。落花踏尽游何处?笑入胡姬酒肆中。""细雨春风花落时,挥鞭直就胡姬饮。""何处可为别,长安青绮门。胡姬招素手,延客醉金樽。"

李白常常光顾胡姬坐堂的酒店,除了好酒,可能也是胡姬的乡音对李白有一定的吸引力。

还有一些民间流传的李白故事,也隐约助证了我的推理。

李白从中亚吉尔吉斯斯坦碎叶城来到蜀地,应该已经有一些吉尔吉斯语/柯尔克孜语(突厥语系)或出生地的少数民族语言

（有人认为是大月氏语）的基础。

刚刚回到蜀地时，汉语可能是少年李白的第二语言，或者在家时用双语与家人交流，他这种持有少数民族语言的能力还一直保持到成年，所以后来有李白"醉草吓蛮书"的故事。

范传正离李白生活的时代不远，他在《李公新墓碑》中说道：天宝初，唐玄宗召见李白，李白"草答蕃书，辩如悬河，笔不停辍"。这不是民间故事，这是最严肃的墓碑上关于李白的生平记录。

李白不但能"草答蕃书"，而且"笔不停辍"，这么看，李白的外语（少数民族语言）底子应当相当不错，而且保持到成年，因此推测他早年在异域已经获得某种外语/少数民族语言作为第一语言的能力。

李白因为有早期获得的第一语言的干扰，少年时代移居蜀地以后的汉语学习比较艰苦，特别是书面语的学习和对中国文化的深度理解，需要特殊辅导。

他的父亲按照有钱人家的常规做法，应当聘请塾师来教育孩子。因为少年李白的汉语能力有限，一般塾师无法或不愿教授小儿李白，李客就为他聘请了当地稍有文化的成年女子辅导李白学习，该女子很有耐心，督促李白刻苦学习，因此有了"铁棒/杵磨成针"的故事流传下来。

因为是外来户，可能受到当地顽劣少年的欺负，所以，李白早年醉心剑术，李白自己说"十五好剑术"，范传正说李白"少以侠自任"。这是典型的一位因被人欺负而发愤图强,梦想到少林寺修炼的少年。

李白在蜀中是异乡人,也被欺负过,所以年轻时离开蜀地以后,再也没有回去。

四

我再从《静夜思》这首诗的文字本身来做一些鉴赏性考证。

《静夜思》目前流传的版本是:"床前明月光,疑是地上霜。举头望明月,低头思故乡"。

最早的李白诗文集的刻本是宋本,宋本比较可靠,一是接近李白的时代,二是公认的精审,但宋本无一例外,这首诗的第三句是"山月"而不是"明月",如宋蜀刻本《李太白文集》(卷六):"床前看月光,疑是地上霜。举头望山月,低头思故乡。"

"举(或'抬')头",头扬起来,看到的应是中天明月,而月到中天还有山岭相伴,只有四川盆地才有这种引起"蜀犬吠(日)月"的奇观,这应该是李白在蜀地时见到的光景。

前面说到,李白青年时代离开蜀地以后再也没有回到家乡,所以,李白写这首诗的时候应当处在还没有走出蜀中的青少年时代。

更为可靠的做法是由这首诗的风格来判断写作时间。李白这首《静夜思》，很天真，很简易，很通俗，诗语不算文采斐然，也没有任何典故，与其说是诗，倒不如说是童谣、顺口溜。

我感觉这是李白少年时代学习写诗留下的习作。从语言风格来看，这首诗语言简单，意象简单，"举头""低头"不但词语重复，也是儿童类型的动作；按宋本，第一句是"床前看月光"，第三句是"举头望山月，""月"重复使用，"看""望"简单覆叠，词汇量不够丰富；"疑是"这样的词汇，是唐人入门汉语。

李白自己坦率承认过，他儿时咏月，根本就是瞎比划，那时候父亲李客做生意，带回来白玉盘，李白就把月亮比作白玉盘，"小时不识月，呼作白玉盘"。

有学者统计，《静夜思》四句诗至少有50种不同版本，并且你很难知道哪一种抄本更接近原本。因为诗句简易，适合作儿童读物，因此，历代有无数塾师用来作儿童教材，所以，讹传也特别多。

另外，从诗本身来判断，这首诗还有很多模仿的痕迹，很像是"描红"式习作。

如"霜""月"之喻，是比较早的比喻，在汉魏六朝诗歌中多次出现：如"散漫秋云远，萧萧霜月寒"；"霜月始流砌，寒蛸早吟隙"；"关山陵汉开，霜月正徘徊；"夜月如霜，金风方袅袅"。

关于明月照"床"（或"窗"），也有模仿的痕迹。前人诗如："明月何皎皎，照我罗床帏"；"明月皎皎照我床，星汉西流夜未央";"昭昭素明月,晖光烛我床"。

特别要指出的是,曹丕《杂诗二首》中的"仰看明月光""绵绵思故乡",与"举头望明月,低头思故乡",更是如出一辙。

所以说,这首诗可能是少年李白大量阅读汉魏诗歌后的习作。

五

那么,为什么一首少年习作会如此受欢迎呢?

这首诗语言通顺明畅,确实是到口即化、人见人爱,容易朗诵、传播。而且,它触及一个人人内心都有的温柔处——思乡。

明月也是中国人最通用的情感负载体,甚至有人认为中国文化就是月亮文化。咏月加思乡,虽然是少年作品,一样可以成为抒情的代表作,犹如骆宾王的《咏鹅》是他七岁时所作,但一样可以成为咏物诗的代表作。

这首诗入了童蒙读本,进了《唐诗三百首》、小学课本,这对于家喻户晓的传播来说,显然是有很大的作用。

直到今天,这首诗吸引人的地方也就是它的质朴、单纯。对李白的诗歌定位,最重要的也是天真、单纯,而这首诗是最能体现李白这些个性特点的。

但是,不能因为传播广泛,就把儿童习作当成李白成年以后的精品诗作。

  我不能，也没有资格狂妄到贬低一千多年来历代诗文大佬的眼光。但是，是不是也有可能大佬集体走眼，而且，有超级大佬在前面带路，认定这是李白成熟的诗作精品，后面的人就再也不敢说皇帝没有穿新衣了呢？

  有不少外国人学中文，常说中文是世界上最难学的语言，但从李白的经历看，他少年归国，重新学习汉语，到达中国顶级文人的地位，这说明学习中文没有那么难，如果有铁棒磨成针的意志，只要有肯登攀的决心，一定能成为当代"小李白"。

大唐豪华版诗酒 Rap 脱口秀

一

开元年间,年轻的李白离开蜀地,开始漫游生活,寻找自我发展的空间。

同时期著名诗人高适、王昌龄、王之涣都有过类似的生活经历,但"二王"和小高同学经济基础一般,属于"长安漂""洛阳漂",生活拮据,理想也没有那么高远。他们出道时,就想做个流行音乐歌手,为长安酒吧签约歌星写写歌词。

无奈,写歌词可以自娱,真要赚钱也没那么容易,哥们几个穷得很不浪漫,下雪天想喝点小酒御寒,也要赊账。

李白和一般求发展的青年不一样,他父亲李客是商人,而且是从事国际贸易的豪客,因此,李家不缺钱。有钱就任性,李白有过一段诗酒度日的时光,他经常组织酒会,以酒会友,以诗传名,还留下了一首气势豪迈、别具一格、活色生香、酒香飘逸的《将进酒》:

君不见，黄河之水天上来，奔流到海不复回。
君不见，高堂明镜悲白发，朝如青丝暮成雪。
人生得意须尽欢，莫使金樽空对月。
天生我材必有用，千金散尽还复来。
烹羊宰牛且为乐，会须一饮三百杯。
岑夫子，丹丘生，将进酒，杯莫停。
与君歌一曲，请君为我倾耳听。
钟鼓馔玉不足贵，但愿长醉不愿醒。
古来圣贤皆寂寞，惟有饮者留其名。
陈王昔时宴平乐，斗酒十千恣欢谑。
主人何为言少钱，径须沽取对君酌。
五花马，千金裘，呼儿将出换美酒，与尔同销万古愁。

　　这是一首很奇特的诗，情绪大起大落，看上去豪迈，仔细体会都是泪点，内在情绪其实是很忧郁的，乃至于出现了"但愿长醉不愿醒"这样破罐子破摔的句子。写这首诗的那段时间应该是李白人生的低谷期。

　　《将进酒》是古典诗歌中的名篇，自古及今，虽然对这首诗考证与解读的文章车载斗量，但关于这首诗的写作背景依然有许多争议。

　　结合诗歌中流露出的近乎绝望的悲愤之情，我认为，这应该是李白早年漂泊漫游与彷徨寻找时期的作品。全诗以"抱用世之才而不遇合"为诗脉，淋漓酣畅地抒发酒兴诗情，熔铸了自己怀才不遇的悲愤，也表现了诗人飞扬恣肆，乃至出言不逊的洒脱性情。

《将进酒》表达夸张，节奏动荡不安，有一些诗句好像是临时插进来的，是口语体，是对话体，是与饮酒者或听众互动的记录。

我试图用心寻绎诗句，拼接情节，复原诗歌创作现场，将它零散跳跃的各个片段用想象复原的方式凝聚起来。

进入正文之前，正告读者，本文系一家之言，作者或有创新异见，但读者不可胶柱鼓瑟。一句话，课后可以阅读，上课还是听老师的标准答案。

基本复原后的感觉是，这首诗是一个聚会上的吟唱记录，而且不是几个人的聚会，是一种大型酒会，诗人现场作诗并吟诵，还采用了机智、快捷、押韵的形式和现场听众互动，类似今天流行的 rap 表演。

二

开元二十二年（734年），李白依然在洛阳一带游荡。李白出蜀已经多年，他曾设计过自我发展的宏大目标，而且已经对外宣言："申管、晏之谈，谋帝王之术。奋其智能，愿为辅弼，使寰区大定，海县清一。"[①]这几句话，也是个人发展规划中的标

---

① 见李白《代寿山答孟少府移文书》。

准用语，坐过办公室的都明白啥意思。但放在今天，要花不少时间来注释典故，我就简单翻译一下：一句话，我是真牛，只要朝廷用我，黄河清，四海平，普天之下，没有我做不成的项目，一个亿，小 case。

但现实很骨感，当时，李白不但没见过皇帝的面，连朝廷要员也没有见着，颇受冷遇。游荡多年，也就结交了几个知心的（谁知道？）酒友道友诗友。

元丹丘就是李白一生中重要的交游人物之一，此人属于非主流，有个性，学道谈玄，云里雾里，李白称之为"逸人"，也就是灵活就业者。

那一年，元丹丘邀请青年李白至嵩山聚会，李白欣然赴约。两人性情投合，远离世俗纷扰，饮酒作诗，谈天说地，同时经常见面的还有岑夫子岑勋。

李白漂泊的十年其实是一段由希望到失望，快乐与痛苦交织，并逐步滑向"猖狂"的过程。《将进酒》这首诗是李白痛苦的结晶。

李白的家世低到尘埃里，相当于贱民家庭，因此，李白无法参加科举考试，但他是一个有志青年，而且，志气大到"冲壳子吃"。他自信是大鹏，希望一举冲天，他是谪仙，飘然下地，他可倚马千言，他可万里乘风。他希望、他喜欢"暴露"才华，是"暴雷"式的那种。为此，他在各种场合"暴露"自己，找长官，找名人，找奇人，他要展示才华，他要朗诵诗歌给听得懂和听不懂的人欣赏。

李白的痛,一般人是不懂的。李白的家世很不好,他是流放者的后代,父亲李客是商人,从秦朝开始,商人和罪犯的待遇就相差无几。

另外李白自己还是赘婿,今天叫作"倒插门",是被人看不起的,这样的身份背景叠加起来,李白能不自卑就算是天生异禀、心理超强大了。

三

唐代科举其实有点类似后代实施的高考政审这一类流程,由推荐参加科举的地方政府来完成。

唐·杜佑《通典》卷十五记载:唐代能参加科举的人本来就不多,一个大的州郡,每年只能推荐三个人,这极少的推荐明额多是从郡县公学中的世家子弟中选拔出来的。

况且,唐高祖武德四年(621年)还有诏令,参加科举考试的士子需要提供地方出具的政审材料、品行鉴定。李白的家庭不贫,却贱,就仅凭这一条,李白过不了关。因此,他无法走科举入仕这条路。

李白来自西域,少年时还错过了正规的课堂学习,即使网开一面,批准他参加科举,他也无法按部就班、按题答卷,他没有"刷题"经验啊。

由于家庭成分不好，背景不清，他也很难为官，为此，他大多数时间都是以鼻息来表达不屑，以酒劲来对抗纠结，以豪歌来压住时时涌上心头的失败感。

李白必须另辟蹊径，走一条完全不同于普通士子的进取路线。

与李白同年出生的非整容派白面少年王维曾经以琵琶曲《郁轮袍》引来大姐大玉真公主垂青①，被内定为全国高考状元，顺利通过科举，进入官场。

李白也希望以不寻常的姿态出场，让朝廷注意到他的超常才华，跳过科举，运用特殊人才高考加分类项目，直接聘为大内参谋、高级顾问，不发工资也无所谓，李客家的孩子最不缺的就是钱。

李白一辈子没参加过科举考试，有人说是因为他不愿意皓首穷经博取功名、论资排辈升职加薪，但说实话，他也没有资格参加科举。

李白的理想是逮着机会高谈雄辩，发挥天生的演说家才能，把皇帝一顿忽悠整个懵圈，直接当上帝王师。这种人在古代不叫骗子，而是叫纵横家。

---

① 事见唐薛用弱《集异记》。

四

要获得朝廷的注意，首先要引起社会的关注，李白需要制造高调亮相的机会。

为了扬名天下，李白可能有多种策划，比如，他曾经广事干谒，投赠诗文，希望获得名人和政要的推荐。从文坛泰斗李邕到荆州长史韩朝宗，从许国公苏颋到朝廷要人张悦，他都想托人推荐来拜访，有时候直接冲过去硬性要求采访，但有的达官不睬他，有的要人虽然夸他却不愿或无法推荐他。

举个例子。

唐玄宗开元八年，许国公苏颋到成都出任益州大都督府长史，二十岁的李白一路骑马狂奔再加一路小跑直接前往成都四星宜家驿站，苏颋还在那里临时休息，李白立马过去投刺（名片）求见，并呈上新作《明堂赋》和《大猎赋》。

苏颋虽然旅途劳顿，但当晚一边喝着成都"百粮液"，一边品尝着龙抄手凉面和糯米芝麻"三大炮"，一边读着这两篇新鲜的辞赋，深为赏识，拟到任后立刻上表向朝廷推荐，不料遭到身边僚属的强烈反对，理由是李白出身商贾，不是世家弟子。

那一晚，在驿站边上酒馆里等待消息的李白泪流满面，半夜了，还在成都的小巷子不停地嘶喊《无法长大》。

因为李唐王朝以道教为国教，李白还拜访过著名的道士司马承祯、吴筠,希望获得道教系统特殊人才的推荐名额,但这种推荐需要一个过程,不可能立竿见影。

李白早年好任侠,喜纵横术,他还曾通过行侠仗义来吸引社会舆论的注意。

还有更直接更粗暴的做法,比如撒钱买朋友和名气,为此李白一年撒币三十万金,看来"坑爹"的孩子什么时代都有。

总之,除了天上掉下胡饼也就是应召入宫做御用文人的那一段时间,李白的前半生和后半生都是不得志加上爱折腾,"行路难"是前半生总结,也是后半生的宿命。

五

初唐蜀地奇人陈子昂(四川射洪人)也应当是李白的榜样。

据路边社透露,陈子昂当年为了引人注意,曾经设计过一个吸引人眼球的噱头:陈子昂高价购买一把文物级的胡琴,又当众摔碎,以引起众人的注意,然后强力签名赠书推销自己的诗歌。

李白景仰陈子昂,曾经通读《陈子昂集》,两人气质上也有类似之处。

可能受到陈子昂这种花钱做秀的启发,李白也设计了一个自我宣传的机会,而且排场更大,形式更为新颖,也更加接近诗歌本身。

当然,破坏文物的事,在洛阳这样重视文物保护的地方,还是不能胡来的，李白做的是一场大型原创诗歌朗诵发布会兼行为艺术秀，并与现场听众进行类似 rap 的押韵体对话。

李白有捷才，命题作文现场作诗，蜀中李白超一流。他曾经上书韩荆州韩朝宗，希望有机会面试，他可以展示"日试万言，倚马可待"的才华。

李白特别崇拜的陈王曹植，据说有出口成章之才。温庭筠"八叉手"之内就能完成考试场中的命题诗歌，所以人称"温八叉"。但曹植才思更敏捷，传说是"七步"之内就能作一首诗，这种天才型传奇故事，李白喜欢也相信，他也要向大众展示他的超逸天才，因此策划了这场诗酒音乐秀。

这场活动很成功，活动结束以后，当然也是酒醒以后，李白根据回忆记录了这场活动的精彩细节，留下了诗人现场朗诵的主要内容以及灵机一动、妙舌生花的互动对话。这就是《将进酒》的来历。当然，这是我个人的解读。

六

结合诗歌留存的文本线索，我尝试还原现场活动过程如下：

这次活动的预备工作可能是这样：李白出蜀时携带了三十万资金，估计是现银，加早期商人间流行的准支票（也就是"交子"，虽然宋代才有交子的明确记载，但在唐代，地方商人便创造性地发明了一种货币异地流通的凭信，这就是类似交子的"飞钱",也可以算是交子的雏形。而交子的发源地就在四川的成都府。)但一路走来,也造掉一大半了。

李白以现银作预付款,加上朋友担保,在洛阳包了一个大型西域风情酒吧或酒店(估计不在长安,否则,贺知章可能出席),邀请社会名流、文艺中青年来喝酒听诗。

这个聚会提供的可是很昂贵的西域进口葡萄酒,而且酒水充足,广告上说的是每位来客三百杯,敞开喝。

广告词大致如下:从大山深处走出来的白衣少年,清新又洋气的帅哥,当代不撒娇诗派、边喝酒边写诗的新潮流实验者,蜀中李白现场作诗并"亲自"朗诵。Tips:诗人以出口成章的诗歌形式和与会者现场互动。

这一场诗酒聚会的诗句和对话并没有全部记录,现在,我根据现存的诗歌内容,部分还原当年那场轰动一时的蜀中"无赖""无忌"李白诗歌发布会。

我们不妨从头开始"看一看"李白当天的表演、现场的反应、突发情况下李白的处置才能、李白的脱口秀表演效果等。越往后看,越有现场感。

七

开头的设置可能是这样:

听众坐满了预订的位置,有朋友宣布酒会开始,请大家安静。李白隐身屏风后面，以高亢的音调大声朗诵："噫吁嚱，噫吁嚱！君不见黄河之水天上来，奔流到海不复回。"诗情激荡，气势豪迈，如挟天风海雨向听众迎面扑来。言语中带有夸张。

观众眼前，如见 VR 动画印象：黄河之水天上来，势不可挡；又见长河奔腾而去，势不可回。只觉得，河水低沉轰鸣，浪花飞珠溅玉，简直要打湿脚下的西域风格地毯了。洛阳城里才子多，也是见过世面、识得优劣的，但没有见过这么有气派的。到底是什么来头啊，莫非谪仙下凡？满座皆惊，屏息静听。

接下来，青年李白快步走出，一袭白衣，斜背古剑，脱帽露顶，目光扫过全场，时见眼瞳蓝光闪烁，诗人又是昂首高歌："君不见高堂明镜悲白发，朝如青丝暮成雪。"明明是一英俊少年，但朗诵的诗歌却带着苍老悲凉之气，将人生由青春至衰老的全过程说成"朝""暮"之事，把本来短暂的说得更短暂，这种夸张形成的画面动态感很强，和传统儒生的保守谦恭很不一样，很"抓"人。

青春的面容与沧桑的感叹，传统的主题与新潮的表现，加上诗人不标准的雅言国语，甚至有点洋腔洋调（李白五岁才从中亚回到蜀地）的造型与朗诵，一下子把听众的注意力凝聚起来了，嘈杂的听众立刻安静下来。

众人回过神了，赞叹有加，议论纷纷。这时候堂倌与胡姬给众人送上酒水和馔食，宴会正式开始。西域异人，后生李白今日借洛阳宝地，以酒会友，吟诗劝酒，给大家表演一场现场作诗脱口秀。李白一边给各路大腕递上名片（刺），一边朗诵道：

> 人生得意须尽欢，莫使金樽空对月。

"莫使金樽空对月"有可能是洛阳酒协举办活动常用的套话，也有可能是现场应景之作。下午设宴，傍晚开始，流水席，连台转，一直喝到晚上，直到月照杯底。这就更加令人怀疑是在酒席上即景生成的脱口秀诗句。

虽然唐代长安有宵禁制度，但其他城市未必都有宵禁，白居易《琵琶行》中的诗句"乘夜入独处妇人船中，相从饮酒，至于极弹丝之乐，中夕方去"，说明一般城市老百姓还是有夜生活的。

喝酒要尽兴，说话要投机，在没有喝醉之前，还要记得读广告。接下来，诗人进入主题，为自己做广告，和与会者（估计多是不得志者）分享一个苦闷时让自己嗨起来的招数，就是自信：

> 天生我材必有用，千金散尽还复来。

"天生我材必有用"是自信，诗人用乐观好强的口吻肯定人生、肯定自我，相信只要是天才，终有宏图大展、拨云见日，蒙恩"见用"的那一天。这也证明当时李白还没有见"用"，所以应当是开元年间的情形。

诗人知道，人间少不了"势利眼"，你的诗才固然吸引人，但你的官位才是底气所在，因此，诗人很机智、很俏皮地把装着写碎金散银的鹿皮囊随手抛给了不远处的元丹丘，并补上一句"千金散尽还复来"。

这又是一个高度自信的惊人之句，千金算啥啊？能驱使金钱而不为金钱所驱使，才是真豪杰。这气派，足以令一切凡夫俗子和"洛阳作坊男"咋舌。而且，我是有钱大家花、有酒大家喝的主儿。

和我交朋友是你的运气，今天，来者皆有份，武德元年（618年）火印封桶原装葡萄酒，直接从地窖拉过来，当着大家的面打开，管够。今天酒庄老板还申请了特殊宰杀证，牛肉羊肉狍子肉，一应俱全。"尊一声弟兄们大家别见怪，大家呀要自在，大家呀要痛快，举起酒杯人生有几载。哎呀，让我来唱个歌儿，你们开开怀。"

烹羊宰牛且为乐，会须一饮三百杯。

这两句现场感也很强，与大型酒会的猜想比较吻合，如果是小型聚会，一般不会用"烹羊宰牛"。我猜测，这场酒会可能是在西域胡人开设的酒店举办的，可以宰杀牛羊。李白游览洛阳等地时，也喜欢到胡姬坐台的新月连锁酒店喝来自西域的葡萄酒，他诗中多有记载，此不赘。"三百杯"是竭力夸张酒水之富裕，突出筵宴之豪华。

月到中天,酒入热肠,酒兴冲破了客套,众人撸袖猜拳,拎耳灌酒,李白也乐不可支,一眼瞥见帮助看场子的好朋友岑夫子、丹丘生停杯不饮,踌躇四顾,就点名劝酒,劝好朋友痛饮高歌:

岑夫子,丹丘生,将进酒,杯莫停!

这几句也说明,这很可能是酒会现场实况记录。

八

除了好朋友,其他来客也要照顾到。
诸位,诸位,请安静,缓举杯:

与君歌一曲,请君为我倾耳听。

酒已十分,活动进入高潮,众人喧哗嬉闹,李白就再一次以rap来镇场子。号召大家静下来,继续听我吟诵原创诗歌,而且我要金杯银箸对明月,狂歌一曲为君舞,好诗、豪歌、美酒一起上,给大家助兴。

我李白虽然年纪不大,但对世界、对人生却有深刻的见解,要说得意，我和在座的诸位一样，时运不济，至今依然是白衣，要说自信，喝了酒，就是老子天下第一。荣华富贵，都是过眼云烟，但愿长醉不愿醒，无须白眼睹世态。说句不敬的话，圣贤与我有何干系，在我的酒杯面前，他们只有陪酒的资格，我们的口号是：让圣贤寂寞！让酒徒快乐！只有那些能饮有趣的酒徒，才能在《酒协周刊》上日日置顶、盛传不衰：

钟鼓馔玉不足贵，但愿长醉不复醒。古来圣贤皆寂寞，惟有饮者留其名。

在写作此诗的时段，李白处于极端压抑的低沉状态，所以才希望买醉忘忧。如果看不到将来，为什么不抓住眼下呢？在李白这里，喝酒不仅仅是简单的生物学行为，也代表了寻求个体的适意，以反抗世俗的价值观。

"古来圣贤皆寂寞"是愤激语，李白在清醒的时候曾"自言管葛竟谁许"，他自认为堪与圣贤比肩，却一直无人赏识，这和前辈陈子昂《登幽州台歌》是一样的寂寞了，因此才愿长醉不醒了。

有意思的是，流传下来的版本，文字有很大的不同，"古来圣贤皆寂寞"这一句，敦煌残卷本上的文字是"古来圣贤皆死尽"，这应当是"原始版本"。这句不像诗，但更真实，是醉后狂言，是现场作诗，是脱口而出，是任性骂人，不加修饰，不顾体面，这个原始的句子留下了现场作诗、现场骂街的记录。

要说饮者的名气大过圣贤，在座诸位，也许还有人"不敢苟同"，我给您举个例子：

> 陈王昔时宴平乐，斗酒十千恣欢谑。

古来好酒者夥矣，为什么偏举"陈王"呢？一是"陈王"才气特大，所谓"天下才有一石，曹子建（曹植）独占八斗，我得一斗，天下共分一斗"①。二是陈王与酒联系较多，"陈王"曹植《名都篇》就有"归来宴平乐，美酒斗十千"之句。更为相近的是曹植虽才华横溢，但备受猜忌，有志难展，古今一律，李白心有戚戚焉。

接下来，戏剧性的场面出现了：

李白可能还没有全部支付举办这场酒会的费用，主人颇有拘束之像，局促之语，看到场面这么大，来蹭酒的人这么多，李白劝酒这么猛，店里库存葡萄酒已经不多，于是遣小伙计到李白那里提醒一下，缓着点，不要喝这么多。

李白已经喝高了，顾不了斤斤计较酒宴的花费，而且主人的悄悄话还引出了李白即兴发挥的机会：你不要悄悄和我说，我就是要大声播报。大家听一听，主人说我钱不够呢？哈哈，我是缺

---

① 见《南史·谢灵运传》。

钱的人吗？大家敞开喝！

> 主人何为言少钱，径须沽取对君酌。

"主人何为言少钱"，照应"千金散尽"句，又故作跌宕，引出最后一番豪言壮语：虽然今天没有带足现金和"飞钱"，但我的随身行当也是可以用来换酒的：

> 五花马、千金裘，呼儿将出换美酒，与尔同销万古愁。

即便现银已用完，但我还有"五花马""千金裘"，可以换取美酒，与众人来个一醉方休。这一豪放举动一下子将酒会的兴致推向了高潮，那些与会者一辈子也不会忘记，一个素昧平生的豪侠，请大家喝酒，给大家表演歌与诗，还把自己的宝马和品牌衣服拿出去换钱给大家买酒。

这最后几句也再次佐证了这是现场脱口秀诗句的记录。

九

我猜想这是脱口秀形式的"说"诗记录，虽然是一家之言，但古人已经看出，这首诗不少句子不加修饰，脱口而出，有现场感，有"乱道"的风格，清代焦袁熹云："'惟有饮者留其名'，乱道故妙，一学便俗。"

  这首诗有不同版本，文字不一样，这种差异不是同一版本前后抄写时发生的"鲁鱼"之误，而是口语和书面语的差别，是醉了和醒着的差别，是脱口而出的句子和书面修改后诗句的差别。

  这首诗可能是诗人酒醒后的回忆记录，现场也可能还有别的人做了记录。以现存敦煌残卷上的《将进酒》（标题也不一样，名为《惜罇空》）和如今流传的《将进酒》比较，很多句子都有较大的差别，最让人惊诧的是"古来圣贤皆寂寞"这一句，敦煌本为"古来圣贤皆死尽"，这是一个有力的证明，证明诗的原稿记录的是来自现场吟诵的比较粗糙的口语。还有一些诗句明显是现场发挥而成，比如，要求于宴者不要喧哗，倾耳听唱；又点名岑夫子、丹丘生多喝几杯；一边作诗，一边现场拍卖五花马、千金裘。这些好像都是聚会的现场记录。

  也许读者认为这种解读过分天马行空，但无论如何，从这首诗本身的内容判断，它一定是某种酒会现场或事后的记录，至多就是小酒会和大酒会的区别。

  相信这篇李白《将进酒》的赏析也算是别具一格，希望能启发更多作家和读者展开对传统文化的新解读。

非发达诗人的集体尬聊

一

面对朋友的安慰,李白写了几首《行路难》统一回复。

"行路难"是乐府古题,属于专题诗歌,多以"行路难"为比喻,咏叹不得志的文人及其家属("思妇")之贫困孤苦的处境。

《全唐诗》有王昌龄、武元衡、朱庆余等八家所作《行路难》,另有骆宾王《从军行路难》,王昌龄《变行路难》等诗歌,这些以《行路难》为题的作品中,李白的三首《行路难》最为有名。

李白写作《行路难三首》的时候,也遇到了大问题。天宝元年(742年),因为多位贵人交口称赞,皇帝溢价收购李白的才华,诏书进京,李白有点把持不住,快马加鞭进长安。但在唐玄宗身边作为文胆诗囊和辞赋即时生成软件工作了一年多,又于天宝三载(744年)被无理由"退货",虽然赔偿了一点人才快递费,但李白心里憋屈啊,进京时眼前明晃晃的金光大道,一下子变成了冰封雪裹之黄河太行,行路难啊,简直是险恶人生。

我简单说一说《行路难》的写作背景:

唐玄宗天宝元年(742年),李白奉诏入京,担任翰林供奉。李白本是个积极入世的人,等了一辈子,现在终于有了这样天上掉胡饼加蛋糕的机会,好运道让人有点措手不及。

诏书也没有说清楚进京后的具体工作,诏书常常用赋体,而赋体的妙处就是花团锦簇,但莫名其妙。"供奉"二字,可以无限想象,李白又是一个善于展开想象翅膀的诗人,因此尽往好处想,尽往大处想。

只觉得我李白就是管仲再世,孔明显灵哪,这次进京一定能干一番大事业。

我不会像朱买臣那样,刚刚拿到个地方太守的位置,就首先跑到前妻那里狠狠地显摆一下,这太小心眼了,我得干大事。首先是接管朝政,安定民心,搞好经济,让天下苍生过上好日子,再实施"黄河五年变清"的计划,让两岸人民从此喝上清清的黄河水。

但是,入京后,宰相李林甫却没有来报告工作,高力士也没有到宾馆给我脱靴拿拖鞋,虽然得到了"供奉"的机会,但唐玄宗也没有代表朝廷和我谈首辅的交接工作,甚至没有安排君臣深夜畅谈、半虚前席的礼仪性机会,倒是不断受到权臣的逸毁排挤,带病工作一年多以后,被"赐金放还",变相撵出了长安。

二

清高宗敕编《唐宋诗醇》认为《行路难》三首都是天宝三载（744年）离开长安时所作，大多数专家认可这个判断，也有专家认为是开元年间李白初入长安一无所成的心态记录。

我同意《唐宋诗醇》的判断，这首诗是李白大起大落的人生实录，是巅峰跌落时刻的形象描写，最合适的时段应当是高调进京后，强打光环、黯然离京时期的作品。

有不少地方可以证明这三首诗作于李白登顶转折期，因为功不成而身须退，面对朋友的安慰，写了几首《行路难》统一回复，处于自我解嘲的"尬聊"状态。

比如，第一首回顾自己闲居多年"垂钓碧溪"，也准备以"李渔翁"终老了，突然一朝开挂，"忽复乘舟梦日边"，来到了"终南山红太阳"身边，就像做梦一样。这说明是已经见过大唐最高长官了，那就只能是天宝入京觐见以后的事。

"金樽清酒斗十千，玉盘珍羞直万钱"，这几句描写的豪华宴席，应当是在长安与"饮中八仙"等清贵人物豪饮长歌的奢侈生活记录。

虽然离京以后还有一些片段的好日子，比如民间粉丝汪伦设酒桃花潭边，非要拉我喝个一醉方休，那是一个真情、那是一个惬意啊，但很难有金樽玉盘的排场了。

从《行路难》第二首来看，也是离开长安时的心情："羞逐长安社中儿，赤鸡白狗赌梨栗。弹剑作歌奏苦声，曳裾王门不称情。"要是初入长安，人生地不熟，"社中儿"是可以交往的，（约在开元十九年即公元731年，李白一入长安，当时也确实与"长安儿"混得很熟。）"赌梨栗"也是我李白擅长的。但现在不一样了，已经在中央政府工作过，见过大场面，就只能和这些"长安社中儿"说拜拜了。而"曳裾王门不称情"这一句，表达得就更清楚了，我真的不愿提着衣襟、小心翼翼地做"弄臣"了，但不是被开除，是这份工作"不称"我的"情"，是我主动请辞。

估计在"赐金还山"之前，已经有内线暗示李白，给你发十三个月的工资，你自动请辞，如何？除了接受还有什么更好的安排呢？但总得给自己一个理由，《行路难》第三首云："吾观自古贤达人，功成不退皆殒身。"这很明显是给自己找一个抽身退步的理由，也是给关心自己的朋友一个交代：我已经在皇帝身边工作过，这可以算"功成"了吧！这一茬领导，嗯，话怎么说呢……那就不说吧！此时不退，自找没趣，接下来排列了一长串古代不知趣的名人，都没有好下场。

总之，"退"是明智的选择，是成功的另一种表现形式。

接下来的活动安排，一如第三首诗结尾所计划的那样，离开长安以后，到江南去走一走，看看魏晋时期开始兴起的南方开发区，写几份调研报告。

临行前,明君给我退休生活提了若干要求:多读书,到江东走一走,多了解公共舆情,做个正能量民间达人,可以喝点酒,把人生和名利看淡些。这是君王和我谈得最贴心的几句,我得参照执行:"君不见吴中张翰称达生,秋风忽忆江东行。且乐生前一杯酒,何须身后千载名?"

三

好,大致说了写作背景,现在简单分析《行路难》第一首:

> 金樽清酒斗十千,玉盘珍羞直万钱。
> 停杯投箸不能食,拔剑四顾心茫然。
> 欲渡黄河冰塞川,将登太行雪满山。
> 闲来垂钓碧溪上,忽复乘舟梦日边。
> 行路难,行路难,多歧路,今安在?
> 长风破浪会有时,直挂云帆济沧海。

前四句写宴别。

李白离京前,好朋友设下盛宴为李白饯行。若在平时,"嗜酒见天真"的李白,有这样的美酒佳肴,再加上朋友的一片盛情,肯定会"将进酒,杯莫停""会须一饮三百杯"。

然而,这一次他却表现得很反常,很无厘头,端起酒杯,又把酒杯推开了；拿起筷子，又把筷子放下了，又回到了任性使气的李白，您甭惹我，看什么都不顺眼，因为美酒"加谣"（对不起，玩了个谐音梗）并不"可乐"，我生气了，虽然后果并不严重。

李白是个行动快于思维的人，而且是说动就动，别人还在喝着酒找话说，举着杯子等他回敬，他就离开座席，拔出宝剑，环顾天地，一通李生舞剑，意在"胸闷"啊。

这两句中，连续使用了"停、投、拔、顾"四个动词，通过"多动"形象地显示了他内心情感的激荡变化。

接着两句承接"心茫然"，用夸张的手法写"行路难"。诗人用"冰塞川""雪满山"象征自己经历过的人生道路上的艰难险阻，具有比兴的意味。

一个怀有远大政治抱负的人物，在最接近皇帝的时候，被群小中伤，被自动请辞，被"赐金还山"，这弯道接近360度了吧，这是哪里到哪里啊！欲渡黄河，冰塞黄河；将登太行，雪拥太行！喝凉水也塞牙，听音乐也堵心哪。

大幅度的对比，是诗人真实感受的反映，因为这一年多的时间里，变化太大了。李白奉诏进京时，那种荣耀是历史上少有的："玄宗降辇步迎，以七宝床赐食于前，亲手调羹。"万众瞩目，人人仰慕，但才一年多，"世人皆欲杀"（杜甫《不见》）。我不恨君王的变化，我讨厌同僚和百姓翻脸比翻书还快。

闲来垂钓碧溪上,忽复乘舟梦日边。

这里用了两个典故:一个是姜太公八十岁在磻溪钓鱼时得遇周文王的故事;另一个是伊尹先生的传奇故事,他在受商汤礼聘前曾梦见自己乘舟绕日月而过,估计平时这样的梦也没有少做,只是这一次比较灵验,因此端出来说事。

要说"遇",李白和姜尚、伊尹都算获得君王"知遇"了,李白曾打算一辈子隐居山林,但龙屎运降临,忽然被"发现",突然被抬举,来到君王身边,因此,拿这两位前辈来比喻。但一对比,还是气不打一处来,姜尚、伊尹因知遇而成就了大事,李白只做了几天御用歌词作者就被买断工龄打发回山了,一枕黄粱后,"李卧龙"又变成"李乌龙",这际遇不一样啊!

行路难,行路难,多歧路,今安在?

瞻望前程,道路崎岖,歧途太多,要走的路,究竟在哪里呢?多歧路,等于没有路,诗人迷失了,在选择的矛盾中再一次晕眩。

长风破浪会有时,直挂云帆济沧海。

一般分析认为,这首诗歌结尾两句的含意是,倔强而又自信的李白，终于再次摆脱了歧路彷徨的苦闷，唱出了充满信心与展望的强音，表达了他准备冲破一切阻力，去施展自己抱负的豪迈气概和乐观精神。

四

这种见解很正面，很给力，属于考试题的标准答案。

我这里再给大家提供另一种解读作为参考。

这是李白带着一点积蓄"还山"前的作品。他喝酒、写诗，是为调整心态做准备，抱怨一番以后还得接受现实，开始四海逍遥、人间潇洒的日子。因此，此刻的李白可能是想起了孔夫子在不发达时候的感叹和出国旅游计划："道不行，乘桴浮于海。"当然，已经见过皇帝的李白不会小模小样地用个"桴"来渡海，他会高挂云帆，用一艘大型船舰来完成长风破浪的又一次壮举，人生失意时更需要自嗨。

这个结尾依然表达了有所追求的意愿，但较为旷达，是潇洒人间的意思，未必是表达奋发图强、东山再起、实现济世安民的抱负。这种望洋兴叹约等于苏东坡《临江仙》的结尾："小舟从此逝，江海寄余生。"

根据以上分析，《行路难》开头的场面，可能是贵族圈子里朋友送行时的场景。唐玄宗在不久前就为李白的好朋友贺知章安排了盛大告别宴会，但级别不同，给李白送行的可能是朋友圈自发的活动，但应该有不少王公贵族参加，所以，才有玉盘珍馐值万钱的豪华场面。

实事求是地说，唐玄宗还是给足了李白面子，即使辞退，也是李白自己提出来的，虽然从此李白就是自由职业者，没有五险一金，没有固定工资，但毕竟是买断工龄、赐金还山。

唐玄宗给足李白面子也有一个前后一贯的原因，一年多之前把李白迎进大内的时候，是作为文化界大腕、音乐界魔头、世纪特殊人才引进的，当时，聚光灯对准了这个诗人，打算冲头条，进入滚动播报，让天下人都看一看朝廷爱才引才的大动作。

另外，李白的伯乐贺知章虽然已经退休，但联名推荐李白的玉真公主还在，这个皇帝亲妹妹的面子也是要给的。

第一首诗一共十二句，八十四个字，在七言歌行中只能算是短篇，但它跳荡纵横，具有长篇诗歌的气势、格局。场面的转换特别快，以瞬息变幻的对比性画面来表达言外之意，揭示了诗人感情的激荡起伏、复杂变化，具有电影"蒙太奇"的效果。

五

李白一生有典型的行路难心结。

李白的痛，一般人是不懂的。他是流放者的后代，父亲李客是商人，商人就属于被监管、受歧视的下等人。虽然，从西域回到汉中以后，父亲李客搞了个加盟仪式，指"李"树以为姓，还

"回忆"了八辈子以前的亲戚传说，与李唐王室攀上了关系，但这都是花钱买来的"谱牒"。

可以说，李家到达蜀地时，也就是个在海外做生意赚了钱回家乡投资获得绿卡的海外华侨（请一口气读这一句），穷得只剩下钱了。这个穷，是"穷通"的穷，也就是不发达，仕途有障碍。

后来，为了攀上高枝，李白又做了退休宰相的赘孙婿，在男权社会，赘婿是被人看不起的，这样的身份背景叠加起来，称之为"贱民"都算抬举，社会不接纳，无路可走啊。所以，李白常常无端胸闷，感叹"大道如青天，我独不得出"，感叹"蜀道之难，难于上青天"。

唐初承魏晋遗风，讲究门第，世家大族把持人才录用。李唐新贵族对大族排名次序做了改动，但还是无法动摇讲究门第的陈规。当时社会上有一些人的身份类别相当于"贱民"，如商人、乐籍、赘婿，李白的出身差不多占全了。

唐代文人走科举仕途需要出身"清白"，因此，李白无法走科举入仕这条路。好在唐代还有其他的做官途径，如名人推荐，也就是干谒，最常见的是"行卷"（赠送个人作品）献赋或献诗，直接请地方政要推荐。这一条路，李白不是没想过，不但想过，而且做过，不但做过，而且不遗余力地做过，但几乎是路路不通。每一次失败后都是自行疗伤、满血复活、强行通关，但结局无一例外。

青年时期，李白行走于巴蜀各地，四处干谒。他赋诗托朋友转呈渝州刺史、文坛泰斗李邕，但文化人未必看得起文化人，当时，李邕对这个文坛晚辈很不待见，信也不回。孤傲而年轻气盛的李白伤心了，"一次次短信你不回，泪蛋蛋掉在酒杯里。酒瓶瓶倒来酒杯杯碎，前半夜喝酒后半夜醉"。

但李白不是一次打击就会退缩的人，喝醉了，站在李府大门前，李白高喊："宣父犹能畏后生，丈夫未可轻年少。"这话翻译过来就是，"今天你对我爱搭不理，明天你就高攀不起"。

李白后来又上书地方大员韩荆州（韩朝宗，时任荆州长史兼襄州刺史、山南东道采访使），好像也没有回音，又拜访了唐代"天师"级道士司马承祯，姓"司马"的人好像从三国开始都挺能"忽悠"人，夸了李白一通，用的词都特别提气，令人想着都激动到脸红，但夸完了，也没见到实际效果。

六

开元十八年（730年）左右，李白下决心闯一闯京都。这次李白一入长安，就有个小目标，他想拜访宰相张说。不巧，张说"生病"了，只能和张说的儿子张垍加了个微信，张垍给李白介绍了玉真公主，但玉真公主也没有通过李白发来的"求加好友"要求，李白写了《玉真公主别馆苦雨赠卫尉张卿二首》。

我猜，在这苦闷彷徨、无路可走的时候，李白已经构思了

《行路难》这首诗,只是还憋着一口气,不信闯不出一条路。

最大的失败,是天宝初这次进京又离京的折腾。自己抱着宏大理想,有无数个漫长等待与幻想的长夜,仰天大笑着来长安觐见皇帝,谁知道又是一个戏剧化的收场,最终还是要回到山窝里凉快去。

当然,如果李白愿意认真给"华清池歌舞剧院"写写剧本,填填歌词,为当朝皇帝歌功颂德,成为贵妃姐妹的闺密,或者不再狂傲,不在上演"天子呼来不上船,自称臣是酒中仙"这样的活报剧,他的一生也可以安享御用文人的待遇,甚至成为玄宗朝文化部领导。但李白若是这样的人,就和无数被历史忘记了的文人一样,有了当日,却没有永久。

张爱玲说:"生命是一袭华美的袍,爬满了蚤子。"这话好像是给离开长安的李白写的。李白离开长安前后受到了诸多的不公平待遇和诽谤,因此写下:"遭逢圣明主,敢进兴亡言。白璧竟何辜?青蝇遂成冤。"杜甫也实话实说:"世人皆欲杀,吾意独怜才。"

回顾李白一生,通关无数次,失败无数次。都说爱拼才会赢,李白已经够拼的啦,但哪一次赢了?无怪乎他要大声疾呼:"行路难!行路难!"

七

其实，不仅仅是李白，中国文人群体经常处于"行路难"而引发的集体长叹与"尬聊"状态。

文人多叹苦伤悲，总觉得世路艰难，出路很窄，一个根本的原因是，古代文人不是一个独立存在的群体，他们必须依附君王，他们再有本事，再有"货色"，再有绝活，也只能"货与帝王家"。

而且，这是个买方市场，还别无分店，大家都想被帝王家收购，成为统治阶级的一分子，一旦君王拒绝收购或无理由退货，哭诉无门啊！加上各种社会不公、内幕操作，古代文人几乎个个有行路难的痛楚。

所以，阮籍就故意用无路可走、穷途痛哭来表达行路难的悲哀；孟郊的《赠别崔纯亮》也有伤心诗句："出门即有碍，谁谓天地宽。"

据统计，全唐诗中双声词用得最多的是"踌躇"二字，而"踌躇"的意思等同于"行路难"。

孤独是一个人的狂欢

一

《独坐敬亭山》是李白的名作之一。

李白喜欢青山,青山也喜欢李白。一个人能够与大自然相互欣赏,除了天生高人,那一定是有过很多的人生经历。写这首诗的时候,李白已是历尽风霜,荣华也见过、富贵也见过、福也享过、牢也坐过。

这是李白最后一次来到安徽宣城。繁华已经落尽,荣耀都成往事,百年已过半,千金亦散尽,再没有昔日友朋如云的热闹,也没有舞剑论诗的酣畅了,人生回归起点,追求趋向天真。

登上敬亭山,诗人独坐、远眺,与敬亭山对视,仰天击掌,李白与天命和解了。

读这首诗,你会感到李白安静了许多,绚烂而归于平淡,不再有拔剑斫地、仰天大笑的豪迈,也不再有"五花马,千金裘,呼儿将出换美酒"的嘚瑟,更没有了传说中令宦官高力士脱靴磨墨的颐指气使,他独自与敬亭山相互欣赏。

这首诗表面上是写独游敬亭山的情趣，深层含意则是表达诗人生命历程中旷世的孤独感，和生命低潮期对自然的皈依。诗人赋予山水景物以生命，将敬亭山拟人化地呈现：

众鸟高飞尽，孤云独去闲。
相看两不厌，只有敬亭山。

"众鸟高飞尽，孤云独去闲"看似写眼前之景，其实是把伤心之感写尽了：鸟儿高飞，直至不见踪影，我目送鸟儿到天尽头，鸟儿却义无反顾；孤云游荡，我们都是世界边缘的"有闲者"，但白云却不愿意与我一起"云游"，一切都在离我而去。

安史之乱时，诗人因为追随永王李璘起兵，本意是为国平叛，但不幸站错了队，跟错了人。永王兵败以后，李白也因罪坐牢，直到乾元二年（759年），朝廷因关中大旱，宣布大赦天下，李白才获得自由。

这期间，诗人一定深深地体会到了命运之跌宕、人情之冷暖，对人世、江湖、社交圈子都感觉很不好，诗人觉得世间万物都在厌弃诗人，所以有鸟飞云走的"背离"感。"尽""闲"两个字，写"人""物"关系逐步疏离的过程，也写了诗人逐步安静的心态。

"相看两不厌，只有敬亭山"这两句进一步烘托出诗人心灵的孤独和寂寞，勾画出诗人"独坐"出神的形象。诗人久久地凝望着灵感相通的敬亭山,觉得敬亭山也正含情脉脉地看着自己。

他们之间不必说什么话,就已达到了感情上的交流。"相看"的"相"字有深意,山与人是互动的,不仅仅是我在看山,山也在看我。

世事变幻,变化是世界的常态,用不着惊讶和伤感,鸟和云虽离我而去,但世界也有不离不弃者,眼前就有敬亭山与诗人相守相望,相得于世界的空白处。前两句是以"动"衬"静",这两句则是以"静"制"动",由"动"回归"大静"。

这种守"静",就是不再看重自己在"同学"中的排名,也不在意自己还是不是大V,摆脱功名利禄之心,远离浮躁与喧嚣的动感世界,回归平静的内心。在人生的低谷,达到精神的巅峰,其实,失意和得意只在一念之间。

在这首诗里,还有一个"厌"字,需要仔细区别古今意思的"微殊",才能加深领会诗人的情意。

二

阅读古典诗歌,遇到完全不理解的字词倒不是大问题,因为现在的网络查询功能非常便捷,一查即得,最容易误解的是那些看似容易,其实古今词义有"微殊"的地方。

比如,古代诗文里的"爱"常常是"怜惜""舍不得"的意思,《孟子·梁惠王上》讨论梁惠王因"不忍之心"而赦免祭祀的牛,到底"是何居心",梁惠王说"齐国虽褊小,吾何爱一牛"。

这句话的意思是,齐国虽然面积不大,但我哪里会舍不得一头牛呢?后面还有一句说"百姓皆以王为爱也",意思是,老百姓都以为大王是"吝啬"呢。相反,"怜"在古汉语里倒是有"爱"的意思。比如六朝民歌常常用"莲"谐音"怜",用以表达爱意。

南朝乐府民歌《西洲曲》:"低头弄莲子,莲子清如水。置莲怀袖中,莲心彻底红。"这里,连用几个"莲"字都是为了谐音"怜",也就是"爱"的意思。又比如古文中的"劝"不是用语言来制止、抑制,而是鼓励,如《劝学》就是鼓励好好学习。简单区别,现代汉语的"劝"是"劝退",古代汉语的"劝"是"劝进"。

还有"恨"这个字,很多时候,它的意思不是仇恨,而是"遗憾",比如白居易的名作《长恨歌》中"长恨"二字不是"仇恨时时在心头",而是对唐明皇杨贵妃这段爱情的悲剧结局抱有的绵长遗憾。

回头说一说这首诗里的"厌"字,繁体字写作"厭"。把"猒"分拆一下,左上角是"口",左下角是"肉"(古代经常写作"月"),右边是"犬",表示狗吃饱了肉,非常满足。《论语·述而》:"学而不厌,诲人不倦。""学而不厌"就是不断学习,永不满足。当然,有时候,吃得太饱倒了胃口就厌倦了,所以后来引申出"讨厌"的意思。

这首诗里李白与青山的感情不仅仅是相互不讨厌,如果这样理解就浅了,也是误读了,李白表达的感情是"我见青少多妩媚,料青山见我应如是"。是人与青山高度契合,是两情相悦,看也看不厌(够,足)。所以说,不理解古典文字的细微差别,就无法理解诗意的精微处。

我们日常生活中都有不如意和孤独的时刻,在孤独与绝望的时候,我们可以读一读李白这首诗,想一想李白曾遭遇的挫折和巨大压力,以及他如何以坚强的意志和坦然的心态度过人生的苦难期,失意的低谷一样可以变为精神的巅峰,快乐就在你手心里。

杜甫是合群的

坚守人间良知的诗圣是怎么炼成的

一

　　一千两百多年前的一个冬天，湘江，一叶小舟，孤病诗人，因为饥饿与病痛，他已经脱形了，他想给亲人和朋友写封信，以镇定的姿态与人世告别，但是他已经无力举起那支曾经创造了无数忧国忧民诗篇的缠帛有心笔。

　　时代太乱了，生活太苦了，人命如蚁，无人来得及关怀这位老人。

　　一直到杜甫去世几十年以后，才有韩愈、白居易、元稹等人开始关注杜诗的伟大成就，韩愈还以崇敬的心情写下了"李杜诗篇在，光芒万丈长"这样为诗人大声叫好的诗句。

　　杜甫秉持儒家大义、家国情怀，一生追求"致君尧舜上，再使风俗淳"的伟大理想。辅佐君王达成人世太平是他个人成就的模板，关怀天下、关爱民生是他思想的底色，当然，写诗才是他的本分。

　　说杜甫是大儒、贤者，都不为过，但是我更愿意说，杜甫是一个诗人，一个真实而近乎圣洁的诗人。本文截取杜甫一生行踪的若干片段，梳理一下诗圣是怎样炼成的。

杜甫并非贫家子弟，如果排查一下杜甫的家世，祖上也"阔"过，心理预期也"宏大"过。往上追溯，那赫赫有名的晋代儒将、复合型人才杜预便是他的十三世祖；那"大言不惭"宣布"吾文章当得屈、宋作衙官，吾笔当得王羲之北面"的著名诗人杜审言，便是他的祖父。

杜甫父亲做过县令，属于基层干部（七品）。当年的官衙并不大，衙役人数也不多，大凡有人请假，喊个"威武"都没有气势，但你也不要把所有的县令真当作芝麻官，有官有"品"已经属于唐代社会的人尖啦。

再说，杜甫的父亲后来还做过兖州司马，品级更高，怎么说杜甫也算个官二代。这符合古代圣贤的成长条件，有家族名望积累，有文化继承，有成圣成贤的心理预期。实事求是，古代社会是有等级意识的，你不能指望三代贫下中农的子弟通过刻苦读书进入公务员队伍平步青云，成为后世敬仰的能臣名将，这样的例子实在太少。当年，就是参加科举前的家世调查、政治考核这一条就让无数穷人家的孩子断了这个念想，更不要说建设家庭图书馆了。

杜甫的母亲出身清河崔氏，崔家是唐代排名前五的山家大族。但古代女子大多比较忧郁，不像现当代女性聪明早熟，还活得比男性长，古代的医疗条件差，女性处在社会的底层，忧郁和体弱是标配，母亲崔氏在杜甫年幼时就故去。

　　杜甫母亲去世时，杜甫的老爸还是个年轻力壮的县太爷，边上少不了有人撺掇他走"续弦"这条路，杜甫他爸爸也就"无可奈何"地重新娶了一位太太。杜甫在家里的地位有些尴尬，好在命运给杜甫关了一扇窗，又给他打开了另一扇窗。杜甫被移交给具有大爱之心的洛阳姑妈。

　　这个姑妈对他非常关爱，甚至胜过了对自己儿子的关切。杜甫八辈子都忘不了这位姑妈，这种大爱是传递和接力的，蓄养了杜甫大爱之心的源头之水。

二

　　杜甫生平记载不见任何"圣迹"，他就是一普通人，像古代多数家境尚可的儿童一样，年少时有着自由任性的成长过程，基本上是德智体全面发展。五岁看公孙大娘舞剑，七岁就能朗诵自己写的诗歌，而且，骆宾王七岁咏的是呆头鹅，杜甫七岁咏的是金凤凰，气势比那个"义乌大咖"大得多呦！

　　身体好，发育好，吃嘛嘛香，调皮的时候，"庭前八月梨枣熟，一日上树能千回"。

　　杜甫十三岁就把零花钱省下来，追着顶尖流行音乐歌手李龟年举荧光棒，十五岁外出自驾游，二十岁到江南石桥上摆拍。公务员的孩子相对于贫家子弟，总要潇洒自在得多。

记录杜甫这些平凡的青少年生活,而不是寻找或"发现"他少年时代的"神迹",就是想还原一个真实的杜甫。虽然他后来被尊为诗圣,其实他也是个普通人,所以,他理解普通人的悲伤与欢愉,也在他的诗歌里留下了普通人真实的生活轨迹。

开元二十四年(736年),二十四岁的杜甫到洛阳参加高考,他知道,要好好读书才有诗和远方,但一不留神,第一次高考就"稀松"落榜了,并从此落下了习惯性落榜的毛病。

当时,他也没有太当回事,这样的人太多了,第一次参加科举就考上才叫"异怪",除非你有内部操作。比较有个性的举动是杜甫没有选择复读,而是选择做一个快乐的行者。

那个时候的杜甫,那么普通,却那么自信,只是因为年轻。这时他父亲正在兖州做司马,作为随官家属,杜甫也就在齐赵一带过了四五年"裘马轻狂"的"快意"生活,心里依然涌动着对生活的热望和期许,爬到泰山顶上,对着群山呼喊:"会当凌绝顶,一览众山小。"

大约在天宝初,杜甫父亲去世了,杜甫不能继续啃老了,那时候也没有技校,杜甫除了写诗为文,没有其他生活技能,他的生活开始进入"行路难"阶段,典型的大龄剩男一枚。

他的父亲最后的官位是兖州司马,相当于厅局级干部,按照当时的中层干部优惠条例,杜甫可以"资荫服官",也就是父辈像一棵大树,后代可以在大树下享受阴凉,就是可以顶替安排个工作岗位。虽然,一般先授予千牛或三卫,或入学馆学习,总是有条正经出路了,也算是一种政治待遇,倍有面儿。但杜甫却净身外出,把资荫、资产都让给同父异母的弟弟,自己在东都洛阳一带谋求生路,生活自然非常艰苦,"二年客东都,蔬食常不饱",谦让与自苦是杜甫的天性。

三

东都游荡期间,杜甫在洛阳遇到了大唐诗坛第一个大咖李白。原来,当男生遇上了心仪的男神,一样可以心跳加速。他们好到同饮一杯酒,共用一张卡;甚至"醉眠秋共被",随你到天涯。

李白有内卷争胜的时候,比如,他不服气崔颢写下了那么漂亮的《黄鹤楼》,心里一直放不下,登个楼就想写一首好诗,还想把崔颢按在金陵凤凰台下摩擦。

杜甫就很少嫉妒人,对自己喜欢的人从来不吝夸奖。李白是杜甫崇拜的对象,虽然已被"赐金还山",但杜甫依然对他崇拜得五体投地:"白也诗无敌,飘然思不群""李白斗酒诗百篇""诗成泣鬼神"。

杜甫逢人说李白,一辈子不遗余力地给大哥点赞。杜甫真诚待人,也是他受人尊敬的原因之一。

开元年间是中国历史上的好时代,特别值得夸奖的是,这个时代打破了魏晋时期社会阶层固化的弊病,把隋朝开创的科举体系制度化了，给了下层文人一条生路。

古人云，三十而立，杜甫得抓紧时间找份正经工作，想做官，还得参加科举。天宝六载（747年），杜甫前往长安参加考试，但唐代最大的科举弊案也就发生在这一年。

那年，小人李林甫在位，并主持科考。李林甫是那种特别精明，样样都算计到小数点后面十几位的人，不幸的是，这样的小人一旦当了大官，还特别能得到皇上的信任，他能把自己的小存储和国家的云计算机链接到一起。

李林甫虽然身处高位，但总是担心有其他聪明的人进入朝廷，威胁到他位置的稳固性。当然，他也不能因为担忧自己的前程，就把别人的前程都断了，但是，他还真的就"能"了。

经过李林甫的精心安排，这一年的全国性科举，没有一个士子及第（也有一种说法，当年还有另外一场科举考试，但杜甫没有参加）。李林甫竟上表祝贺，说是"野无遗贤"，让皇帝放心，只要是人才，都已经进入大唐公务员队伍，有我帮您看着，您老人家放心去骊山泡温泉浴，剩下的事交给我就行。

那年，杜甫就这样莫名其妙落魄了。

四

科举的得失在古代文人那里是个天大的事，被人设局捉弄，还没处说理，杜甫一定是伤心到流泪了，对社会黑暗面的认识也

杜甫是合群的

更为深刻,对社会的评价更加接近草根,思想上逐步归队人民。老杜的儒生苦瓜脸就是这样开始皱起来的。

他不甘心,也不愿意沉沦,他还要奋斗,干脆就留在京都,做起了长安漂,进入中年蹉跎的十年,贡献了"人生起起落落落"的范本。

开始"长安漂"生活的时候,杜甫还很兴奋,时装、香料、进口葡萄酒,改良琵琶乐,骆驼背上的西域女子、碧眼胡儿昆仑奴,听说还有训练有素的马队合着鼓点在朝堂表演"衔杯舞",太生猛了!而且,见着了不少他曾经心仪的官人、文人、美人,而且都是大"活"人,有的人还和他相约喝酒作诗卡拉OK,这是不是让三线城市来的"后青年"杜甫有点小激动?

一方面,杜甫依然有自信,在向韦左丞发送的自荐诗中写道:"读书破万卷,下笔如有神。赋料扬雄敌,诗看子建亲。"

另一方面,长安让他见识了人情的狡诈,看到了社会的阴暗,自信与"看好"开始跌落。

进入中年的杜甫"老大意转拙",开始批判社会。也不是因为进不了政府就"黑"政府,实在是心有所感,同情底层人民,不自觉成了社会"愤青"。

在长安十年,杜甫四处求职,郁郁不得志,饭都吃不饱,亲眼见证了繁荣背后的重重危机。在《奉赠韦左丞丈二十二韵》一诗中,他对自己这段穷困生活做了真实的描述:"朝扣富儿门,暮随肥马尘。残杯与冷炙,到处潜悲辛。"连自己都敢"黑",

初步展现了唐代"鲁迅"批判社会的狠劲儿。

在长安漂泊多年，杜甫清楚自己没李白的天赋，没王维的颜值，没办法，只能走老路：献赋。趁着唐玄宗祭拜天地，老杜想蹭热点，放下身段，给朝廷献了"三大礼赋"。这也就等于思想汇报＋效忠宣言＋才华展示＋寻工广告，凡是想出头的文人差不多都这么干过，朝堂大佬甚是欢喜，准备赏他个小官做，老杜看到了曙光。

但献赋以后，并没有马上升官，而且，一等就是四年，朝廷有关部门差点忘了安排他上岗。一直到天宝十四载（755年），才授予杜甫河西尉这种小官。杜甫却不愿意接受这个职位，因为县尉的工作要直接面对"低端人口"，往往要执行鞭笞百姓这样的任务。你让文人动手不动口，这完全颠覆既定人设，有的书生可以接受，但儒生杜甫不能接受，拒绝了。

朝廷就改任右卫率府兵曹参军，也就相当于兵库府保安班长，这也是完全没有含金量，与文凭和学问无关的工作，但上有老下有小，家里快揭不开锅了，杜甫为生计而不得已接受了这个位置。

然而，就是这种"俯就"，也无法长久保有。位置还没有坐热，闻名中外的安史之乱爆发了。该赶上的没赶上，不该赶上的都碰上了。

苦难出诗人，这苦难也太多了吧。老杜，我能不能代你说一句，咱家这诗人称号不要了，就过点好日子，哪怕平庸！行吗？

但杜甫不答应。他什么都能放弃，就是诗歌和理想不能放弃。

五

安史之乱是大唐动荡开始的刺耳哨声，也是杜诗深刻反映社会与人生的起点。差不多同时，杜甫写下"朱门酒肉臭，路有冻死骨"这样的诗句，深刻揭露了封建社会贫富对立的本质矛盾。有这么两句诗留在人间，杜甫"潜伏"长安十年也值了。

安史之乱爆发后，玄宗仓皇西逃，太子李亨即位于灵武（今宁夏灵武市），是为唐肃宗。在鄜州（今陕西富县）羌村避难的杜甫，知道了新政府的所在地，立刻只身北上，投奔灵武。在投奔根据地的路上被叛军抓获，关押期间，杜甫不忘观察世事，写下《月夜》《春望》《哀江头》等一系列忧国忧民的诗篇。

有理想和信念支撑，杜甫爆发了超人的能量，在非拘留式羁押几个月后，杜甫穿过重重的封锁线，逃到了"行在"。麻鞋见天子的杜甫，严肃地破落着，感动了肃宗，当下就任命他为朝中言官，当上了这一辈子最高的职务——左拾遗。

杜甫是个好官员，但是他不会当官。他的职位是"拾遗"，这个职位有清楚的工作指引，也就是站在皇帝身边，捡个漏、补个缺，发现朝廷办事有不周到不合适的地方提个意见，基本上属于举个手、表个态，或偶尔说一说皇帝不知休息。但杜甫是真的提意见，没完没了地提意见，而且他提的意见都是让你听了要跳起来的那种。

比如，肃宗自行登基，接了大宝之位，玄宗无可奈何地派了自己宠信的房琯过来发布认可令，既是认可，也是昭告天下，我把位置让给儿子了，但我还是太上皇，新内阁班子里需要留下我的人，这其中的内部交易是无人知道的。

肃宗就让房琯领军抗击叛军，既是信任，也是考验，也是置之死地而后观察其生不生。

不出所料，房琯抗战大败，杜甫贸然上疏为房琯说话，触动了唐肃宗某根隐秘的神经，唐肃宗恶向胆边生，诏令大理寺和刑部共审杜甫，这架势是要让他从此闭嘴。

杜甫后经宰相张镐力救而得释放。但"然帝自是不甚省录"，从此之后，肃宗对杜甫不再重用，于乾元元年（758年）六月被贬为华州司功参军。

安史之乱期间，杜甫沉入底层观察生活，眼见到战乱给百姓带来的无穷灾难，而人民忍辱负重参军服役，既是无可奈何，也是大义所在。杜甫感慨万千，创作了一大批不朽的诗章，如"三吏"和"三别"，留给后代一份厚重的诗化历史。

乾元二年（759年），眼见朝廷崩塌，战乱绵延，悲怆无力的杜甫弃官而去，告别官场，放弃了自己一生苦苦寻求的功名。但没有放弃对人民的关怀，也没有放弃以诗记录历史的担当。

六

接下来的日子里，杜甫漂泊西南，有一顿没一顿，生活已非贫穷可以形容，但他依然是写一首再写一首，晚年杜甫患有肺炎、疟疾、痛风、眼疾、糖尿病、偏瘫等多种疾病，但依然留下了一千五百多首诗，徒手写下了唐朝史记。

770年冬，杜甫在湘江的一条小船上去世，终年五十九岁。

他在世时只是大唐帝国的一个小人物，可终其一生，都没有放下家国这份大情怀。这沉重的抱负，成就了诗圣的光辉。这一切与杜甫坚持儒家本位的立场息息相关。

想到杜甫，翻开杜诗，我的目光温柔起来，在他的苦难中看到了普天下儒生的磨难，也看到了普天下穷人的苦难。他曾经是盛唐时代的快乐青年、摇滚诗人，然后逐步成长为忧郁中年，贫穷而关怀天下的老人，一生与人间和苦难不离不弃，直面痛苦，硬生生活成一个现实主义大师。

假如说李白属于盛唐，杜甫则属于后盛唐，他注定只是盛唐的旁观者，却是安史之乱以后社会动荡的关怀者、见证者和记录者。他诗歌的最大价值不是表现盛唐气象，而是关怀后盛唐时代人民的磨难，为人民呼喊，并鼓励人民努力"活下去"。

我甚至认为，杜甫与盛唐格格不入，或者说"违和"，杜甫不属于盛唐，盛唐也不携带杜甫。

生鲜的盛唐，求仙、任侠、拓边、胡风，这一切都带有冲动与鲜活的特色，在后人眼里很有文艺范儿的唐玄宗喜欢的音乐是羯鼓乐，喜欢的美食是以鹿血和鹿肠合制而成的"热洛河"，喜欢的美色是丰满的杨贵妃，喜爱的将领是哥舒翰、安禄山，他的亲奶奶实施的是远离儒家理想和中原文化的女皇制度。

整个盛唐，胡风盛行，推崇强健的北朝文化，"大言"李白生逢其时。如果没有安史之乱，盛唐将拓边万里，但不是儒家的中国，而是"胡化"的中国、多元文化的中国。

所以，儒生杜甫即使在富足的盛唐寻求出路，依然是"没门"，他注定漂泊长安，而且是一漂十年。

七

从个性来看，杜甫没有"千金散尽还复来"的底气，也没有玉真公主喜欢的男色；杜甫仗义，但无法行侠；杜甫不像高适，既能做流行歌曲的词作者，也能凭军功而做到军区司令；别人会巴结领导，杜甫也做不到，连夸海口的语气，杜甫想学也学不了，比如"白发三千丈"这种夸张实在令人惊艳，完全可以做成动画版的仙人形象，但杜甫说不出口，只有老老实实地说"白头搔更短"；"黄河之水天上来"，也是高远到不接地气，而杜甫憋了一口长气，还只能注视着眼前大河，"不尽长江滚滚来"。

杜甫就是一个真实存在过，谦虚谨慎，含胸曲背，活色而不生香的儒生。

李白是传奇，杜甫就是路人甲，就是考不上公务员的落榜生，就是被裁员的大企业员工，就是无法自营生机，只能打秋风的文人。

当然，如果杜甫只有这些特点，那就只是个小儒、酸儒、腐儒，但是他有大情怀，讲正能量，有良心，泛爱天地万物，坚守儒家的底线思维，忠君与爱民一体化，不忘君，更加不忘民，这就是大儒，是诗圣。

杜甫活着时，他的诗无人转发、无人赞赏，他自己也感叹过："百年歌自苦，未见有知音。"

除了韩愈、白居易、元稹等人对杜甫诗歌价值的再发现，杜诗成为中国文学史上的最高典范，是在北宋中期完成的，关键人物应推王安石，他不仅编纂了《杜工部后集》，而且在他所编的《四家诗》中，以杜甫居其首。其后，苏东坡、朱熹等一大批学者合力把杜诗提到了无人企及的高度。

文学史上，有多个文人被称为"诗圣"，如李白、陈子昂等，但最终获得认可的是杜甫。

有人说李白一开口就吐出了半个盛唐，那么，杜甫一皱眉，就补全了另外半个"后盛唐"。

2020年，英国BBC做了纪录片《杜甫：中国最伟大的诗人》，片子回望东方，把杜甫的仁者情怀放到了世界价值体系中来展示。这个纪录片将杜甫奉为中国的莎士比亚、但丁，并认为，从某种意义上看，杜甫比莎士比亚更伟大。因为，在西方，还没有类似杜甫这样的人物，通过文字把整个文明的道德情操都表现出来了。杜甫之所以打动如此多的西方人，绝不仅仅因为他是一位中国国宝级大师——而是他的追求，穿透地域、文化、民族，他真正地爱天地万物。

李白没有暮年，杜甫没有青年。但杜甫总会在某个年龄段等着你。

现场还原杜甫辞职前的一次组织谈话

一

乾元二年（759年）秋天的一个晚上，杜甫下决心从华州司功参军任上辞职，从此开始了漂泊无依的艰难生活。

那个晚上到底发生了什么？

杜甫辞职，一般认为是因为官职档次低，生活无保障，所以杜甫主动辞职。

杜甫其实很需要那个职位，再难听点儿说，需要这份薪水。"薪水"两个字已经低到尘埃里了，人们常说开门七件事，"柴米油盐酱醋茶"，其实，还要加上"薪水"二字。

家要像个家，到点能开饭，你得缸里有水、灶边有柴吧，即使熬黍米粥，你也得加瓢水添把火，这就需要"薪"和"水"，所以发给官员一份"薪水"就是保证你"揭得开锅"，可以吃饱以后想着怎么为人民服务。

杜甫的家庭刚刚经历了饿死人的惨剧，阴影还没有消除。杜甫是一个有责任心的男人，三十多岁才结婚，踏实、稳重，知道养家糊口的重要性，他不能丢掉这份工作。

　　杜甫喜欢当官的工作，换一句现代话，他喜欢在体制内工作，说他是"官迷"，不算贬低，他是朝廷迷、君王迷加上人民迷的混合体。要落实为君王、为朝廷、为人民做事的想法，只有一条路，当官，还要一直当下去，否则，你即使有"穷年忧黎元"的高尚思想，唯一能做的也就是"叹息肠内热"。

　　杜甫也有过意气用事，困守长安十年，第一次拿到个河西尉的位置，他推辞了，因为实在太不儒生了，需要领着讨债公司到老百姓家里催缴罚款，有的时候还要亲自参与暴力执法，也就是鞭打百姓，这哪里是个书生干得了的？杜甫的老朋友高适当过封丘县尉，也很不适应："拜迎长官心欲碎，鞭挞黎庶令人悲。"这个"饭碗"不好端哪！

　　但这不等于杜甫不想担任华州司功参军，因为司功参军管辖的工作范围比较体面，而且大都是"劳心者"的工作，掌管地方的祭祀、礼乐、学校、选举、医筮等，那是杜家的传统业务啊，太熟了。

二

　　到底发生了什么，老杜要走人呢？

　　我们只能结合存世的文献，加上合理推论来个现场还原。我看到的场景是，那一个晚上，长安来人了，吏部考功司的"有关负责人"对杜甫提前进行了年终考核,很温和、很有耐心地帮助杜甫捋了一下他的工作成绩和存在的问题,暗示他主动请辞,接受"无养老金退休",也就是"非赐金还山",朝廷当下实在拿不出退休补贴。

这应当是一次组织谈话。可能是前一年救过杜甫性命的宰相张镐让吏部下辖四司之一的考功司派人安排了一次和杜甫的组织谈话。

这次考核不见正史和野史,但根据推理,这次会谈不是子虚乌有。

三年一次的官员考核是定制,根据考核结果来决定官员是否升迁。从唐初开始,每隔一段时间还会有皇帝任命的特使去巡访各州,去考察地方官员的政绩和事迹。常规考核由考功郎中和员外郎负责,他们均隶属于尚书省吏部。在这两个职务之上设有监考使和校考使。

"四善二十七最"是在编官员的考核标准。"四善"是从官员德行方面提出的道德要求,"二十七最"则是分别对不同部门工作人员的能力和绩效提出的具体要求。

来的至少是一位考功司的官员,杜甫小心谨慎,客气有加,他知道吏部的人都特别横。还记得第一次参加科举考试,是吏部侍郎李昂主持,他骄横跋扈,眼睛只看天,摇骰子选人,考生实在受不了,全体造反,拉横幅,扎头巾,也没能拿他怎么样。

已经秋凉时分了,杜甫起身把日常煎药的炉子搬过来,拿出酒注子，又向隔壁司马家借来一副温碗（为酒保温的外套碗），温了一壶清酒，加了点话梅，和来人一道慢慢回忆、梳理这几年的工作业绩。

三

这几年发生的大事太多了，杜甫太难了。

安史之乱爆发时，为了挽救天下大局，在不太清楚父皇唐玄宗生死存亡的国难时刻，端居了二十多年的太子李亨义无反顾地自行登基，是为唐肃宗。

有了新君就有了凝聚力，老百姓就有了主心骨，"安史"部队就成了叛军，犹豫不决的各方势力就会很快地向中央倾斜，从历史正义和百姓福祉的角度看，肃宗不仅做了他这一生最辉煌的一件大事，也做了一件替天行道的大好事。

一个存在感极低的李亨被历史和"群臣"推到了历史的C位，主流声音都在呼喊一个中央、一个军队、一个朝廷，杜甫也是从那时候起，一生都呼喊着"北极朝廷终不改"，为新的希望热泪盈眶。

新政权明白，这个时候最关键的是凝聚人心。因此，在国难当头的时候，肃宗努力吸纳各路人才，增加干部队伍和公务员配置以留住精英和投诚者，只要有意投奔中央的都给予鼓励，包括物质鼓励、精神鼓励和官位鼓励。

至德二年（757年）四月，四十六岁的杜甫身处偏远的乡村，听到新君上位的消息，立刻出发，义无反顾地投奔刚刚建立的新朝廷。但没有北斗卫星导航，缺少路标，文科生的方向感也不是很强，结果自投罗网，在长安附近被叛军抓获扣留。

但神奇的是，同样被叛军扣留的王维只能"服下哑药"，以不说话、不表态来进行软弱的抗议，杜甫却在蛰伏一段时间以后又冒着生命危险，突破叛军的封锁，穿越荆棘和酸枣共生的丛林，一路跌跌撞撞，摸爬滚打来到了肃宗行在（临时政府所在地，也就是"陪都"），一声带着秦腔风格的"陛下啊——"，把李亨和刚刚聚拢的一批大臣都感动得涕泗交流。

四

翻检杜甫过往历史，清清白白，干干净净，只是缺乏管理实践，虽然以前也做过兵曹参军，但时间很短，没有太多的行政管理经验。

为此，吏部提议给予他左拾遗的位置，官品不高（从八品上），但荣誉性很强，也是检验素质和能耐的位置，工作职责有弹性，进可用，退可守。

当年的五月十六日，有中书侍郎张镐赍符告谕，杜甫官拜左拾遗。杜甫自己也以诗歌日记体记下了这一段惊心动魄的时光："去年潼关破，妻子隔绝久。今夏草木长，脱身得西走。麻鞋见天子,衣袖露两肘。朝廷愍生还,亲故伤老丑。涕泪受拾遗,流离主恩厚。"

杜甫知道这个工作来之不易,也知道这份工作的分量和朝廷苦心,工作特别努力,常常半夜睡不着就起来构思奏章。他听唐肃宗说过,特殊时刻,君臣一体,有什么重要建议半夜敲门报告都行,一定要万众一心,再造山河。

但儒生杜甫还是太理想化了,他以为皇帝宵衣旰食、挑灯书房,真的就是为了等待他的好建议。因此,常常半夜就起来,激动得"不行不行"的,"明朝有封事,数问夜如何",想象着听了他的金点子,唐肃宗脑洞大开,脱下黄袍,换上儒服,羽扇纶巾,谈笑间,叛军灰飞烟灭。因此,杜甫常常半夜起来,端坐在朝廷外,等着皇帝上朝后第一个提意见。

第一次知道世事艰难是营救房琯这件事。

唐肃宗自己黄袍加身以后,唐玄宗无奈"裸退",并派房琯过来正式宣布对新天子的认可,这一举动加固了肃宗的正宗地位。

要知道,除了永王,保不定别的王子也有"为什么我不能试一试"的冲动。肃宗留下房琯并委以平叛重任,但房琯不通兵事,加上用人有误,结果在陈涛斜之役大败而回。

杜甫与房琯是布衣之交,本来不需要,也不应该趟浑水,但杜甫就是希望看到一个团结的、胜利的高层工作团队,因此上疏救援。但这个建言极大地冒犯了肃宗皇帝,被认为是房琯的同党。唐肃宗命令刑部、御史、大理寺一起审讯杜甫。

幸亏有宰相张镐出面营救,还有御史大夫韦陟为他做了一些解释性工作,这样杜甫才得以逃过杀身之祸,"仍放就列",也就是可以继续排队领粮票。

乾元元年(758年)六月,杜甫被贬到华州(今华县)担任华州司功参军,其后,肃宗回到长安,保留了杜甫左拾遗的位置,但具体工作还是挂职华州司功参军。

共同回顾了这段不平凡的日子,来人指出,组织知道,杜甫你这一路走来,有多么地不容易,组织对你也充分信任,才把华州司功这样重要的工作岗位交给你。接下来,作为工作考核的一部分,来人向杜甫提出若干问题,要求杜甫向组织交心,无隐瞒、无推脱、无死角回答组织询问,共同来完成履职考核的填写。

五

第一个问题是杜甫在岗期间为什么经常请假?

唐代官员考核的"四善二十七最"主要考察官吏是否清廉、是否勤政,工作勤勉是考核的重要内容。检查杜甫在华州司功参军任上的工作记录,不在岗时间确实比较多,多次用了长休假、探亲假,领导特殊批假等福利休假。

来人从天宝十四载(755年)开始回忆,当时杜甫被授予河西尉,但杜甫拒绝了这个 offer,朝廷就改任他为右卫率府兵曹参军,也就是兵器管理部门的值班长。当年十一月,杜甫就请假前往奉先(今陕西省蒲城县)省亲,还有《自京赴奉先县咏怀五百字》作证。

乾元元年(758年)六月,杜甫被贬到华州(今华县)担任华州司功参军。八月,墨制放还鄜州省亲,杜甫立马回到鄜州羌村(在今陕西富县北)探亲。虽然是皇帝批条子让你回家待一阵子(可能也是希望耳根子边少一点聒噪),你倒好,一待就是三个月。十一月,杜甫才从鄜州归京,留下了《北征》《羌村三首》为证。虽然诗歌写得好,但工作岗位空缺,需要别人代岗啊。

第二年年底,杜甫在华州司功参军椅子上屁股还没有捂暖,又请假到洛阳、偃师(均在今河南省)探亲。

杜甫是有苦难言还得言:实在没办法,生逢大动乱,家人天各一方,家眷寄住在一个叫作羌村的偏远山旮旯里。那个地方贫穷且闭塞,但风俗很淳朴,意识很落后,你看,连个鸡笼都没有,到了晚上,"驱鸡上树木",那是还没有完成进化的家禽习惯。村里完全没有文化娱乐活动了,谁家来个人,立马"邻人满墙头,感叹亦歔欷",一点都不回避,根本没有隐私概念,大家都趴在墙上拍短视频呢,一边拍,一边往外传。

当时的情况是,他连家人的生死都不知道,"寄书问三川,不知家在否。比闻同罹祸,杀戮到鸡狗"。没有手机,也没有邮递员,不但是"家书抵万金",由于担忧,还落下心理病:"自寄一封书,今已十月后。反畏消息来,寸心亦何有?"

再说个凄惨的,您也甭陪我流泪,请假探亲,刚刚进到家门就听到哭泣声,原来小儿子饿死了。

再说,人到中年,有时候也会想家,"今夜鄜州月,闺中只独看""香雾云鬟湿,清辉玉臂寒",你懂的。来人喝了一口,没有吱声。

第二个问题,在华州司功参军任上,缺少专业素养,提的工作建议大都不靠谱,绩效考核上不去。

华州司功参军的位置约相当于今日教育局长、卫生局长加文化局长,总之,是州的文化主管。来人觉得杜甫没有抓住工作重心,想一鸣惊人,搞教育改革,文集里保留的五道策问就是证明。数年后杜甫在夔州所写的《秋兴八首》内有"匡衡抗疏功名薄,刘向传经心事违",反省了自己工作"不在行"给组织带来的严重后果:在凤翔当谏官,没当好,几乎丢了性命;在华州办教育,未办好。

但不该你管的你倒很积极,来人拿出杜甫所作《为华州郭使君进灭残寇形势图状》一起分析。在这个给上司郭使君的建议中,杜甫主张派兵深入敌后,四面交攻,穷掎角之进,避实击虚,而"逐便扑灭"。你说,你懂什么战争,随便发表意见。

第三条,某些议论与朝廷离心离德。

现在就说说你在沦陷区写的日记体诗歌和刚刚完成的"三

吏""三别"。

作为一个有影响力的诗人,战乱时代,您应该自觉地与朝廷和人民站在一起,写有情怀的人间美文,讲有温度的大唐故事,鼓舞士气,凝聚人心。但你在长安城的多篇日记,是典型的负能量作品。人民自觉进行地下联络,偷战马,破驿站,您都视而不见,却煞费苦心地描述滞留长安的王孙和公主,而且是以高清现场直播的方式展示了他们乞讨为奴的惨状。您置皇室尊严于何地?!

《自京赴奉先县咏怀五百字》还有"朱门酒肉臭,路有冻死骨"这样的拼接式画面,您处心积虑地将朱门与贫户、酒肉与白骨,拼凑在一个画面中,这明显是在贩卖焦虑,这种带节奏、拉仇恨的文字,也太明显了吧?

六

再说说"三吏""三别"。

那么多优秀的劳动人民,那么多可歌可泣的动人事迹,年轻人告别新婚的爱人,奋不顾身地奔向前线,你报道了吗?在浴血奋斗的战场见不到你的身影,你却跑到征兵现场,对执行公务的官吏说三道四?请问您还是有良心、守纪律的公务员吗?

大家都知道,诗歌是用来记录美好生活的,不是记录真实生活的,即使你要实录,你也得开启美颜效果啊,就这么赤裸裸、活生生地拍下,这是在制作地下录像厅放映的小电影啊。

最后,谈到重点问题,是思想与朝廷不一致。

举例来说,你为李白鸣冤叫屈,评功摆好,这就是在大是大非面前站错队。

你不知道李白是永王的人吗?永王是谁?叛逆,假借平叛,要抢班夺权,和叛军一样可恶,甚至更加可恶。

李白在天宝初确实红过,是天宝学者和有特殊贡献人才,还获得过皇上的亲切接见,但现在年号是乾元,你怎么还生活在过去呢,为什么不与时俱进呢?"世人皆欲杀,吾意独怜才",这是为李白抱不平吧?普通百姓都有这样的觉悟,都能与中央政府同一个鼻孔出气,大家都义愤填膺地说:你李白就是天大的才子,但政治不正确,就该"咔嚓"。但作为国家干部的你,比普通群众的觉悟低得多,我看你是哥们儿义气蒙住了大是大非的眼睛,你这不就是站在人民的对立面,站在政府的对立面吗?

再看你为房琯说话,房琯是谁,那是老皇帝硬塞给当今皇上的。你还有不少诗歌不断回望开元盛世,为什么不赞美当代新政呢?

最后提醒一下,房琯的事经过纪律监察部门的复查,严重了,你的事也被翻出来了。上次你说错了话,上错了表,惹得龙颜大怒,差点下了大狱,得亏宰辅张镐力保杜甫,才救了他一命,至于接下来张丞相是否继续干下去也不知道。

杜甫再傻,这话里有话还是听得懂的,那一个晚上,杜甫又是彻夜未眠，索性起来，披衣而坐，写下辞职书，第二天交给来人带走。从此，杜甫就没有正式的公务员身份了，后来严武给他申请的"检校工部员外郎"也就是个虚职。从此，老杜只能"*飘飘何所似，天地一沙鸥*"了，但从此，苦难的人民有了代言人，杜甫不用小心翼翼地写诗了，从此，中国诗歌中增添了最厚重的那部分。

愿你的生命也曾经飞扬过

一

我们常常以苦瓜诗人和沉郁顿挫来定格杜甫，其实杜甫的诗歌里也有一些明快的作品。

杜甫晚年漂泊西南，临时居住在成都浣花草堂，曾留下了一首堂屋条屏式写景《绝句》：

> 两个黄鹂鸣翠柳，一行白鹭上青天。
> 窗含西岭千秋雪，门泊东吴万里船。

安史之乱期间，杜甫饱受战乱之苦，一如当年四处奔波的孔夫子，到处不受待见，理想无法实现，"累累若丧家之狗"。后来，得知朋友严武到成都担任军区司令，杜甫就再次回到成都，居住在城郊草堂。诗人找到了一块世外桃源，有了一块安身之处，获得了一段短暂的平静，有时间、有心情来欣赏花鸟，并眺望远方的风景。

某个春天，杜甫的心情相当舒畅，面对一派生机勃勃的景象，情不自禁，对景命笔，留下了一组草堂风光小照。

这是同时期所作的四首绝句中的一首，与另外三首有一些区别。其他三首基本上是写实，记录乡居生活，有比较专业的农业学名词，比如"长笋""行椒""鱼梁""药条""药甲"等，这一首纯粹写闲坐家中看到的风景。

诗人偏安一隅，对战乱时代的内陆蜀地特有感觉。诗人想把这种感受放大，用简单而鲜明的色彩、用年画的模样呈现他的幸福草堂及周遭风光。这首诗的每一句分别描绘一幅风景，可以看作四幅条屏，甚至可以看作四季（春秋冬夏）小品风景画。

开头两句描写早春景象，一派天然，一派生机。

两个黄鹂鸣翠柳，一行白鹭上青天。

"翠"是新绿，是色彩，更是心情，是初春时节万物复苏、萌发生机的颜色，也是看到了生活希望的心理色彩。滴翠的柳枝上还有黄鹂在欢唱，而且是"两只"，成双成对，不仅"色相"优美，也可以联想到自然界生命繁衍的一片生机。

你想一想，若是写"一只"黄鹂，是不是有孤独感，如果是"三只"以上，是不是"闹"了一点。黄鹂还自带"八音盒"，在晴空里播放着婉转的春之声。这开头的一句诗，有声有色，构成了优美而鲜活的画面。

第二句写青天如洗，白鹭在天际飞翔，这是一种自由自在的舒展，也是一种受春气萌动而引发的奋发向前。一行白鹭，涂抹青天，玩转长空，一个"上"字，充满生命力，简练而生动。

这两句诗连用了"黄""翠""白""青"四种鲜明的颜色，织成一幅绚丽的图景，与大多数文人水墨画比，只能说是年画风格了。这里的色彩口味比较"重"，明显是有意的选择和搭配，与往日暗淡的生活色彩形成对比，通过这些色彩的选用和搭配，也流露了诗人在相对宁静时期对生活的热爱、心里的光明与色谱的丰富。

开头两句是仰望，接下来两句是远眺，以及心理视界的延伸：

窗含西岭千秋雪，门泊东吴万里船。

诗人还是从身边景物出发，一个窗口，就是一个生活的取景框，将喜欢的山水纳入画堂，甚至能看到雪山的宁静、自然的永恒；一扇门的开合，就能联系到诗和远方，想象中见到百帆交会，众生潮动，将东吴与西蜀联通起来，生意和市场就活泛了，这才是烟火滋味、人间正道。

这两句写景包含想象，写眺望所见，以及心眼所见，启用了"二次元"虚拟化的手法。比如"千秋雪"应当是装置式背景，成都西南的岷山，其雪常年不化，故云"千秋雪"。但透过窗户往西望,看到千年不化的雪山,这是想象之词。"万里船",也是夸张的铺陈,战乱年代,很难有这种兴旺发达的贸易往来,而且,杜甫家门前也没有这么大的场面啊。

二

这首诗,表达了诗人体贴万物、同情万物、表扬万物,与天地万物合而为一的那种"深潜"状态,与万物有一种轻松随意的联系。

他理解黄鹂的叫声,这欢愉的叫声里包含了春天来临时鸟儿血脉舒畅流动的喜悦,他也能想象一行白鹭飞上青天,然后背负青天、俯视大地的傲骄。这样的图景,不仅表现了诗人的宁静和快乐,也表达了诗人体悟"物理"、泛爱万物的诗心,继承的是农耕民族与天地万物的自然联系。

这首诗的情感节奏欢快,带一点跳跃,流露出童心,对仗工整到有点小小的拘谨,类似学生习作:首两句"两个"对"一行","黄鹂"对"白鹭","鸣翠柳"对"上青天";后两句"窗含"对"门泊","西岭"对"东吴","千秋雪"对"万里船"。

对仗如此工稳,近似简单,语言如此浅白,到口即化,与杜诗沉郁顿挫、深沉含蓄的风格完全是两回事,我甚至怀疑这么简单、明亮、清浅的诗,是杜甫有意为儿童所作。当然,他不可能想到这首诗日后会选入中小学课本,但是,古代也有童蒙读本啊。

让我们放肆地假设一下,有可能,这是在成都浣花草堂期间,为辅导自己孩子,或辅导周围邻居家的孩子作诗而写的启蒙读本,重点是教孩子们对仗,也学会观察自然。杜甫的诗歌一般都有诗题,比较清楚地记录着写作的时间、地点或诗歌赠送的对象,但这首诗没有题目,就叫"绝句",诗歌的形式也是规规整整的七绝,通篇对仗,方便儿童学习和"描红",色彩鲜明到"亮瞎你的眼睛"。所以,我认为,这可能是为儿童学习而作的一种示范性绝句,就像简笔画一样,刻画对象简单、准确,但到位。

这首诗具有这么明亮而丰富的色彩,也与杜诗晚年的流浪诗歌有差异,我甚至怀疑这首诗是否为杜甫的作品。因为老杜一辈子缺少"自由",缺少明亮,缺少鲜艳色彩,除了青年漫游时期,他一直自我约束,生命难以放肆,既没有"窝里横",也没有展翅飞,见到的都是苍茫天地、黯淡人世,叫他如何"心理光明"?

但我还是希望这是他的作品,愿诗人杜甫在动荡的岁月,在疾病缠身的时候也曾经有过安定快乐、思绪飞扬的那么一刻。

尊敬的杜老师,希望您的生命也曾经飞扬过。

从前慢!

一篇日记引发的"时代风尚"

一

从开元二十九年（741年）到天宝年间，王维过着半官半隐的生活，休假期间大多隐居终南山。天宝三载（744年）后，他购买了原来宋之问在蓝田营建的辋川别业，开始人生下半场的战略大转移，开始半官半隐的生活。

位于蓝田的辋川别业离上班的地方不算远，是首都近郊。据目测加估算，路程大约三十八公里，来回骑马坐轿走路都还方便。

当时很多朝廷官员，都在长安附近购买或建造独体别墅，终南山的不少风景点都开发成高档小区了。

这种生活状态有个高大上的名词叫"朝隐"，也就是在当官中休闲，在休闲中当官，到城里隐居、到朝堂隐居、到皇帝身边隐居，皇帝随喊随到，工作休闲两不误，差不多等于在城里上班，开着车到乡村度假，提前进入现代化生活。

王维就是"朝隐"生活的领导者。这首诗是王维隐居生活的日记。

二

　　《山居秋暝》是王维山水田园诗的代表作之一，这首诗描写了辋川初秋的自然景观和小区里睦邻友好的人文景观，二者和谐地融合在一起，营造了一种既恬静，又活泼的感受。

　　这首诗虽然不免有隐士气，但写得格调清晰，富有生活气息，诗情画意之中寄托着诗人高洁的情怀和对理想境界的追求。

　　　　空山新雨后，天气晚来秋。

这是夏末和初秋的交界处。

　　山林，不再那么茂密葱茏，一场"新雨"逼退了暑气，临近黄昏，那种惬意的秋的感觉就从山间石缝、树林深处派生出来，幽静闲适、清新宜人，早秋的感觉是纯粹的愉悦。

　　　　明月松间照，清泉石上流。

　　从薄暮到月上中天，时间上已有推移，诗人静坐静观已经有一段时间了。

　　新雨洗涤后的松林，青翠欲滴；泉水浸润的山石一尘不染；

月光如洗，温柔清亮；石涧水流，宛若浅唱。"照"写月光倾洒的"有情"态度，"流"字自带有节制的声响，动而不闹，静而不默。"照"，由上而下，"流"，由此及彼；一上一下，一静一动，静中有动，动中有静，让人感受到大自然脉搏的跳动。

这两句是静态的画，也是动态的诗，苏轼因此把这一联的艺术手法概括为"诗中有画，画中有诗"。

这山间清景既是写生，也是写意，是辋川景致，更是王维理想人格的物化显现。雨后青松、山中秋色，头顶明月、石上清泉，这形、色、态、趣，合成清空，正是诗人追求的理想境界。

本来，辋川的"静景"到此也就写得差不多了，历来评论也把这两句作为这首诗"最出彩"的句子，但王维还不"消停"，接下来又加上静中有动、有烟火气的生活场景，这又是为什么呢？

　　　　竹喧归浣女，莲动下渔舟。

竹林中传来阵阵欢声笑语，那是浣纱女子归来了；莲叶翻白，隐隐有渔舟荡开莲叶的声响，应是设筌布网的渔人出发了。

这里的村姑山民倒是有趣，没有使用常见的农村劳作时间，不是日出而作，日入而歇，好像是提前引入了"996"作息，开启了辋川居民晚加班模式。

虽然古代也有"长安一片月，万户捣衣声"这样的记录，写城市大嫂月夜集体活动，不是广场舞，胜似广场舞，但北方农民家庭，晚上还是很早就上炕休息的。

辋川居民如此热衷于夜出劳作，只能解释为，山里实行了包产到户，农民为自己家干活，极大地振奋了劳动的积极性，所以，不用长官督促，大家都积极劳作，晚上也加班。

三

这解释有些牵强，且待后面的解读。

但是，这两句诗加入村姑渔夫的活动，确实有"造境"之妙用，化冷为暖，透露出一种浓浓的生活气息，形成了一种理想化的乌托邦境界。

在这青松明月下、翠竹青莲中，生活着这样一群无忧无虑、朴实勤劳的劳动者，他们把劳动当成了一种自我需要，将劳动与享受合到一起，这不就是我们向往的乌托邦吗？

诗的中间两联同是写景，但各有侧重。颔联侧重写物，以物之明净表现诗人心地之干净，颈联写人，以山中人的朴实和睦反衬"朝中人"既不朴实也不和睦。泉水、青松、翠竹、青莲，都是高尚情操的写照，也是理想境界的环境烘托。

既然诗人追求高洁，而他在那貌似"空山"之中又找到了一个称心的世外桃源，结尾就情不自禁地咏叹道：

随意春芳歇，王孙自可留。

这两句来自《楚辞·招隐士》。本来，《楚辞·招隐士》是招募隐士的广告文案，通过渲染"虎豹斗兮熊罴咆，禽兽骇兮亡其曹"，夸张描写荒山溪谷的凄凉幽险，对那些居住在山中、不肯离去的隐士居民喊话："王孙兮归来，山中兮不可以久留！"承认偏远山区的各种设施还是比较落后的，鼓励大山里的居民搬到城里或新农村居住。

但诗人王维的体会恰好相反，他觉得"山中"比城里好，山也好来水也好，山中人比"朝中人"更纯朴，居住在山里，可以远离官场、洁身自好。所以，诗人借用了《楚辞·招隐士》中的句子，却反其意而用之，意在表明自己的人生志趣和追求。

表面看来，这首诗是用"赋"的方法模山范水，实际上通篇都是比兴。诗人通过对山水的描绘寄情言志，含蕴丰富，耐人寻味。诗的格调明朗、生活态度健康，同样是盛唐之音。

四

但是，后人忙着夸奖，有意回避了一个问题，这首诗写的是秋景，为什么结尾有"春芳歇"的描写？还有，前面提到山里农民怎么会在晚上扎堆加班呢？

对这首诗的结构和内涵，我有新的解读。

其实，这首诗由两部分合成，前面四句是眼前的山居生活，后面四句不是作者身处的环境或眼见的风光，而是理想的小桃源景象，诗人把桃源生活改造后嫁接在辋川景观中以表达他的理想追求。

很难设想，王维居住的山中有这么美丽的大片竹林、河流莲塘这种"最南方"的景色（辋川也有水景，但应当是山中之溪流池塘，没有南方式的"泽国"），还有这么多的村姑渔夫为伴，有这么热闹的夜生活。

若是如此热闹，邻居这么多，晚上这么闹，还是什么隐居之所。王维最钟爱的场所是"深林人不知，明月来相照""月出惊山鸟，时鸣春涧中"那种极其宁静的场所。所以，这种邻居熙熙，众人攘攘，百姓安居乐业，人民勤劳致富的生活场景，应当是王维心造的生活，简单说就是把桃花源生活移到了眼前。

颈联描写的山村生活场景被设置在一个封闭、隔绝的环境里，居民过着安宁和乐、自由平等的生活，老少咸宜，其乐融融，晚上还出来从事休闲式劳动、表演式劳动，把劳动当作休闲，思想境界也太超前了吧！

这么"热闹"的生活，"外人"还毫不知情，目为"空山"，非高人是"看"不到这种"空山"中的夜生活的。而且，这些景观有南方特色，更接近于桃花源中的生活场景。

王维对桃花源生活非常歆羡，青年时代就写过《桃源行》，是陶渊明《桃花源记》的缩写版，相当于檃括体，表达了追慕心思。

进入中年，依然对桃花源生活念念不忘，但不再是缩写和骤括，这首诗创造性地把桃源中安居乐业的生活图景嫁接到眼前的山中月下，打造了一个真实与虚幻相结合的世外山居生活图。

为了表明辋川山居是准桃源生活，诗人还不忘留下一点暗示，一个反季节符号——"春芳"。因为桃花源被渔夫发现是在落英缤纷的暮春，是"春芳歇"的时节，这首诗中，秋景嫁接"春芳"，实景与幻境就完美结合了。渔夫其实也是隐逸之人，也就是"王孙"。

这首诗呼喊"王孙"留在山中，其实是诗人"表扬"自己：既然有这样准桃源的世界，我为什么还要每天挤驴车去上班呢？为什么还要住在长安二环的房子里呢？不如留在山中了。

五

以上文章论述了这首诗描写的辋川月夜景致是桃源嫁接到辋川的"造景"，并非完全真实，但也是以辋川风光做底色的。还有第二个问题，这么"热闹"、充满活色生香的蓝田，为什么一上来就定位成"空山"呢？后面写的不都是活泼泼的山中岁月、人间生活吗？幽静而不寂寞，空静中含生机，哪里是"空山"啊？

有人认为这是诗佛惯用的词汇，也就是佛教万法皆"空"的理念投射。

佛教的"空"是对大千世界的消极理解，这首诗却呈现了活跃的生命状态，是大"有"的世界：美好的月下景观，活泼的山中人家，独而不孤的愉悦心态，都很难解释为"空无"。

况且，王维后期虽然有"半隐"的姿态，但毕竟还有"半官"的入世生活，王维不是李叔同，没有全出家，他喜爱的是隐居的清幽和佛教思维的机辩，他用"空"字界定的理想境界具有超现实的视域：采用了"空"的形式、"有"的内核，这是一种超出常规的思维模式。

王维年轻时写的《桃源行》里，也把只有"智人"心灵、"天眼通"本领的高人才能看到的理想世界定义为"空山"。"峡里谁知有人事，世中遥望空云山"，以此表达对现实社会的改造和企求。

这是一种围楼式的生活，与世隔离，自成一体，充满人间世俗平安美。这种闭关锁村，不被侵犯、不被打扰的生活，最典型的就是桃花源。

桃花源世界，外人看来是"空云山"，其实个中大有玄机，里面的世界很丰富，独立自主，生产链全覆盖，很富足，很安宁，很美好。

在动荡年代，于纷乱中觅得安宁，是求之不得的好事，外人看见的是"空"，是无，那好啊，别来骚扰我，我可不是"求关注"的人，我是自愿与世隔绝，在隔绝中创造独立美好的净土世界。

可见，在王维的词汇解读中，"空"是一个特殊词汇，不是"空无"，而是"空"的外表，丰富的内容，外"空"内"有"。

王维诗中经常用到"空"这个字，他常常在每一处他喜欢的地方加注一个大写的"空"字："人闲桂花落，夜静春山空"；"空山不见人，但闻人语响"；"山路元无雨，空翠湿人衣"；"积雨空林烟火迟，蒸藜炊黍饷东菑"；"寂寞柴门人不到，空林独与白云期"……

王维诗中经常出现的这个"空"的概念，应该有佛教思想的启发，也有诗人自己独特的体悟与应用，如果结合中国哲学思想的发展来推衍，感觉王维笔下"空"的玄妙表述，类似于今天最前卫的"量子态"概念的内在发现。

六

20世纪20年代开始的量子力学形式体系的建立，向我们揭示了量子测量具有不确定性、量子态叠加原理、量子纠缠和非定域性的关联等令人震撼的新概念和新认知，它的科学原理不是常人可以理解的，它包含的某些发现确实对人类的思维有颠覆性影响，强迫我们接受一些现存知识和常理无法解释的规则，最震撼的理论包括"量子叠加态"，也就是在量子态水平，"存在"与"不存在"、"彼"和"此"可以叠加于一身的原理。

在古典哲学和传统思维模式中，也不是完全没有这种思维模式。王维笔下的"空"，充满能量，禀赋"大有"，"存在"与"不存在"合二为一，可见与不可见并存于一体，"空云山"与"桃花源"成了一个硬币、或"风月宝鉴"的两面。这种境界和形态就类似于量子态的直观表达，它以中国古典哲学的形态表现，虽然用词比较模糊，类似"玄妙"，但充满机辩的表述后面是心灵进入自由灵动状态后直观的、深邃的体悟与发现。

这种思维模式常人无法理解，但充满神奇，吸引了王维这样喜欢安静，喜欢思辨的文人，又把它运用到他擅长的诗歌写作中。

我的这种说法也不是猜测和比附，因为这种思维不仅出现在玄妙的诗歌里，在唐代数学思维的发展中，也开始出现了类似的表述，虽然概念也比较模糊和直观，但内核观念是一致的，这就是类似"空"与"有"统一于一身的"零"这个概念已经逐步成型。这就说明，这不是某个领域偶然出现的现象，而是一种思维模式的诞生。

0介于正数和负数之间，很久以来，0是一个不可捉摸的概念。

汉语中"零"原指零碎，珠算中把"没有"（零）设置为空一格，后来，人们逐步认识到，有些东西，看上去没有，其实是有，而且是无处不在，如"100"这样的数量单位，它的"质量"靠的不是"1",而是后面的两个"零"。因此,"零"作为重要的数学理念,必须有所表达。

"空"和0的表述,是对人类智慧的挑战,是人类苦苦思索、思维突破常规把握的智慧绽放,是对现存可把握的物理世界的加维思考,是量子态初级阶段哲学的诗化表达。王维诗中常常用到"空"这个词汇,这个词背后的哲学含意与"零"类似,既是"有",也是"没有";既是彼,也是此;既是经验,也是"超验";既是确定,也是"不确定";"有""无"叠加,"空""有"并存,"彼""此"不分,"死""活"都在(薛定谔的猫)。桃花源和王维笔下的辋川就是放大了的量子态存在。

王维和一批诗人朦胧表达的"空"的概念具有类量子态表达的特类似形态,当然是灵感式表达,与"0"的理念同时出现在唐代,这不是偶然的,而是中国哲学发展的应有之议。经魏晋玄学的初步酝酿,同时受到佛教观念的输入以及中华民族与阿拉伯文化长期交流的刺激,形成了世界性的"共识",但也是中国古典文人直观式把握世界的超前发挥。

"空""零"同时在我国的文化中出现,是文学与科学之间思维交融的一个重要例证,是文理科不分家的古典形态。而诗人王维的诗歌促进了这一理念的传播。

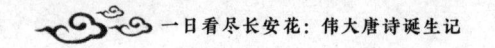

把人到中年的焦虑活成诗意

一

长安城南边有座山,叫终南山,山里有个半官半隐的文人,名王维,中年时期,他过得很潇洒,很自在。

唐朝官吏十天一休假,用来给大家洗个澡,叫作"休沐",说明唐代社会在物质文明取得很高成就的同时,也很注重精神文明建设。

设置这个假日,取这个名字也是有道理的。当时的官员工作都很努力,半夜起来上朝,回到自己部门还为了报告上一个字要不要加注反切(拼音)吵个没完没了,很多时候,回到家已是掌灯时分,喝着热了两遍的羊汤,沾着从西域带回来的蒜泥,一口半个胡饼,家里到处是腥膻味,弥漫着西域风,抹把脸就算讲卫生了。睡觉前熬不过太太催促,嚼一嚼杨枝算刷牙,根本没时间梳洗。

朝堂中还不时有驻守边关的将军和穿着未经化学鞣制的羊皮大氅的少数民族官员进京报告。所以,你可以设想,上朝时,即使御炉放满了进口香料，高力士每天轮流着添加天香、沉香、苏合香、乳香、紫藤龙涎香，皇帝也免不了皱眉头，这到底是什么味啊！特别是要约见杨贵妃的那一天（当时还没有"翻牌"一说），总得撒点花露水吧，无奈盖不住一身膻气。

为此，皇帝拨款修造了天下第一足浴中心兼私人会所——华清池，这也是没办法啊。

王维很爱干净，虽然管不了别人，但他自己注重休沐，他要坚持领导大唐开元"健康生活新潮流"。休假前一天的晚上，他就带上瑜伽垫和一包"健康食品"，包括芫荽为馅的薄叶饼，产自陕西南部的枇杷和樱桃，有时候，还买上一些高昌进口的马奶子葡萄，前往从宋之问后代那里买进又进行了扩建工程的终南山小别墅（"辋川别业"）休假加温泉休沐。

矿泉水就不用带了，那个时候终南山的山泉，还是保健品协会推荐的顶级泉水，干净无污染，而且含有丰富的矿物质。

到了终南山，王维就关闭对外联系的信息通道，把日子留给自己，开始"松垮"系列生活，按照他自己写的诗句，那就是一个"松风吹解带，山月照弹琴"。衣服松松垮垮，腰带半系半散，吹吹风，弹弹琴，该吃吃，该喝喝，嘛事不往心里搁。

当然，他原来不是这样的人，他年轻时非常积极，非常入世，还经常巡回作报告，鼓励那些高考落第的年轻人继续努力，要相信书山有路勤为径，要相信梅花香自苦寒来。

王维本人是时代骄子、年轻诗人，是音乐天才、琵琶协会会长、一级水墨画家。他开创了南宗水墨画,更重要的是,他曾经获得全国高考第一名,然后,一下子进入中直机关,担任皇家音乐学院院长。

二

岁月是把杀猪刀,回首往事嗷嗷叫。

人到中年,开始有了变化,事业和人生,都看得见尽头,中年忧郁也常常不请自来,很难开心。

好在王维是有底线、有品位的人,没有酗酒,没有沉迷于赌博游戏,虽然他知道自己心系文学艺术,做不来好父亲,因此他选择了"丁克"生活,但是他关爱妻子,妻子死后,终身不再娶。

在那个时代,王维是很文明、很前卫的异类人士。他还是环保和素食主义者,不杀生,爱自然。

《鸟鸣涧》这首诗,是王维慢生活的记录:

> 人闲桂花落,夜静春山空。
> 月出惊山鸟,时鸣春涧中。

这首诗描写细腻,意境优美,充分体现了王维山水诗"诗中有画""以动衬静"的艺术特色。在诗人笔下,春山、明月、花落、鸟鸣，和谐一体，相互帮衬，万物兴歇，皆得自在。

在辋川，王维过的是慢日子，心放下了，呼吸的节奏也就慢了，那些朝堂大计划、个人小心思都在月光下的清泉中洗净了，山中的王维专注于内在体验，于无声处听到各种声响：

人闲桂花落

桂花落地，极其细微的动静，所谓闲花落地听无声，很少有人听到过花落坠地的声音，况且是细小如米粒的桂花。但诗人因为娴静，观察到那细小的桂花离开枝头，飘落大地时似有似无的声响，我认为诗人不仅看到了，也听到了。

这并非常人的体验，体验来自于"闲"，这种闲，不是无所事事可以形容，只有安静到极致，淡出水来，专注于一点，然后见到万物生息的慢镜头，才能听到许多奇妙的声音，就像在春天的山里，见到春笋顶破泥土，就听到了脱落笋箨的声音。大凡有一点尘世之想，大凡只关注"春意闹"的人，都无法看到听到桂花落地的声响。

夜静春山空

上一句专注于微观世界，这一句放大了看周围的环境，无限春山，大千静夜，为我所有。春山如此温馨，春夜如此静寂，不带杂质，洗尽尘俗，无法描绘，名曰"空"。

这种"空"又并非顽空死寂之静，而是充满生命律动之静。读这样的诗甚至能感受到盛唐时代和平安定的社会气氛。

上一句微观，下一句宏观；上句特写镜头，下句广角镜头；上句动态，下句静态，两句对仗工整，但因为诗意丰满，没有任何对仗限制之拘谨。

月出惊山鸟，时鸣春涧中。

这两句采用了以动衬静的典型手法。月亮出来了，山花开放了，鸟儿可能受到月光的刺激，在枝头嘀咕了几声："这还让不让鸟睡觉啊？"随即把头缩到翅膀下，黑夜给了我无边的宁静，我要重回春夜的混沌。有此小小的活泼泼的闹腾，春山更显得无边寂静。一般人山间独居、月下行走，可能存一分戒心，若突然听到树枝上扑簌簌鸟儿震动，会心惊不已，但诗人却毫无恐惧，非常欣喜地观察到这个场景。这说明诗人的心态是真正进入了空静的大闲状态，诗人已然获得心如古井、风过无波的慢生活节奏。

慢生活，真漂亮！

从明天起,我要"无所事事"

一

电影制作手段中有慢镜头,这是一种技巧,也是一种哲理,如果把生活放慢了,生活呈现的将是另一种模样。

原来,生活并不需要这么着急,不需要把每一天的日子都抢着过完,人生的结尾都比较伤感,没有必要着急去找到故事的结尾。

我之所以为"我",其实就是独立的感知与人生经验的积累。没有自我"经验",就不知道我是谁,也就没有ID,所以,人类追问的第一个问题就是"我是谁"?

经验是体验的筛选与积累,需要时间的参与。慢节奏有利于感受的积淀,而越是快节奏,越是无法保留美好的体验。古人早就知道了,时间可以放慢了来体验,感知的延长,也就是生命的延长。

在过往的历史中,人们总是以"快速"作为聪明与发展的标志,哪怕有"欲速则不达"的警告,但求速度依然是追求目标。

因此，聪明的一部分人先快起来了，从步行到骑马，再到自行车、汽车、火车、飞机，人类膨胀得"飞起来了"。

但中国古代也有一些愚公，很早就看破"滚滚红尘"，讨厌"智叟"机智快捷的那一套物流模式，提倡慢生活。

其实，慢生活的核心是内在的宁静，与人为善，也于己为善，"心灵躺平"，善待自己。

假如可以，我希望：

明天起，随性出发，在散步经过的小路上看墙角的花开花落，清清楚楚地听蜜蜂飞舞，我的眼前，处处是风景，我有大把时间制造诗意的忧郁，制造一个人的浪漫。

明天起，我没有敌人，放眼望去，都是朋友，我的朋友并不十分亲近，只是交错而过时，我们都面带微笑，颔首致意。

明天起，我的心跳模式就慢下来了。

二

追求这样美好的慢生活，我首先想到唐代诗人王维，他很早就在终南山开始了慢生活体验。我们看一首王维的诗——《终南别业》：

中岁颇好道，晚家南山陲。
兴来每独往，胜事空自知。

> 行到水穷处，坐看云起时。
>
> 偶然值林叟，谈笑无还期。

这首诗中的动作都是慢动作。

开头四句写自己进入南山"慢生活体验营"的状态。大城市太闹，就到南山山脚下打坐静思。自己提醒自己，必须慢下来了，应当无缝链接中年男"好道"的周期。

慢生活的一个特征就是随意和"任性"。

"南山"地区的学者并不多，能预约谈话的对象也不多，因此，活动模式呈现出三少一多：集体活动少，喝酒撸串少，骂了人再道歉少，一个人出发的机会多。

兴致一发生，就像春花之绽放，兴来不可遏，动了念头就独自出发，沿途看到的风光和收获的"胜事""胜理"，无法与人分享，也不必与人分享，自己活得明白就行。

这些兴致是纯灵感，来了又走了，我也愿意"放生"，让那些生动的念头来来去去，不黏滞、不执着，保持充盈的兴致就是快乐的一天。

> 行到水穷处，坐看云起时。

这是慢生活举例。无需刻意寻找风景，风景在每一处，如果你有"慢工"，就能出"细活"，如果你有"慢步"，就能看到

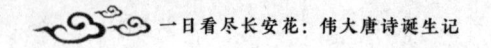

"细节",在无路可走、无景可观的"穷尽处"看到云起云飞,原来,生活依然在鲜活地涌动。

三

阮籍穷途痛哭,有人以为他帅呆了,我认为,他简直是生活的生瓜蛋子。还有那么多人夸他、学他,说明这个世界上心跳快的聪明人太多,容易跟自己置气的人也很多,"愚公"太少,傻乐的人太少。

就凭这两句,王维评得上生活模范。不上班,不早朝,没有约会,甚至,不必翻看黄历,"行到水穷处,坐看云起时",我有大把时间浪费,我就赖在这山里了。

偶然值林叟,谈笑无还期。

没有约会,不等于没有相见。山中有樵夫林叟,遇到了就是自然的安排。可说就说,想笑就笑,没有预设主题,对南山生态,对物价指数,想赞想喷都可以,想待多久就待多久,若说话累了、烦了,直接说:我欲躺平卿先去,下次偶遇接着聊。

从这首诗来看,王维独自活动比较多,可能与人交往中曾受到伤害,怕了,有了交际恐惧症,也可能是厌倦了官场里的钩心斗角,不喜欢每天玩"脑筋急转弯",猜测皇帝的意志和掌权者的心思。

因此，中年以后的王维，大都独来独往："独坐幽篁里，弹琴复长啸。深林人不知，明月来相照。"

这首诗没有发挥王维擅长的"诗中有画、画中有诗"的手法来描绘南山的山川景物，而重在表现诗人隐居山中悠闲自得的心境，以清淡之语言写清淡之人生，以慢言语写慢生活，"流对天然，占断终古"。是绚烂而归于平淡的那一类诗歌，也显出诗人进入中年后的持重和放松。

四

工业文明是一种"快"文化，不管是蹦迪还是蹦极，是过山车还是胶囊列车，都是以快制快的效率追求和心理宣泄。

当代社会，生活节奏越来越快，总感觉时间不够充裕。好不容易获得面试的机会，赶公交误点，迟到五分钟，差不多就完了。但是古代的人怎么对待迟到这件事呢？"有约不来过夜半，闲敲棋子落灯花"，客人迟到，过了约定时间，都半夜了，还没到达，主人也不着急，自己和自己先下一盘，怎么样？世上没有一盘棋解决不了的问题，拽吧！

历史上，作为农耕文化的一个示范地区，"慢"文化在我国比较发达。从太极拳，到煲鸡汤，从磨墨到把脉，动作就极为悠长缓慢。唐人李涉有首《登山》诗："终日昏昏醉梦间，忽闻春尽强登山。因过竹院逢僧话，又得浮生半日闲。"活脱脱刻画出中国古代士大夫的慢生活姿态。

想一想倒也是，时间一慢下来，就显得自然、悠远，哪怕是普通人，这种不急不躁、不赶不求的态度一下子就把自己的品相提高了。

古代的时间计量也是从从容容、多有模糊，你急不得：太阳一竿子高了、学校打钟上课了、晌午了、牛羊下山了，蜡烛结灯花了。古人很少用几分钟、几秒钟这样的纪时单位，更不要说微秒了。杜牧说："十年一觉扬州梦，赢得青楼薄幸名。"韦应物说："浮云一别后，流水十年间。"你看，"十年"是计时单位的起步。

唐代贾岛有一首诗叫《寻隐者不遇》："松下问童子，言师采药去。只在此山中，云深不知处。"来访者开始是着急找人，但隐者不急，找了个代言人"童子"，慢言细语地回复，类似太极拳的柔而绵功夫，慢慢推拿，最后寻人者也因之进入那种"大慢无疆"、时空永恒的境界。

宋代才子柳永《雨霖铃》记载了一场离别：傍晚时分，带着酒醉乘船出发，拂晓到达，眼前是杨柳岸晓风残月，那是伤感，也是缓慢。没有预设，也不赶路，时间由艄公掌握，也由自己掌握。

我们不妨用现代汉语展示一下某位"闲人"古典慢生活的一天：

早上，日头三竿子高了，后院鸟鸣声声，看来天已放晴。昨夜听风听雨忧花落，想起来罩上护花草幔，但睡意上来，且随它去吧。想来此刻已经落红阵阵，就不着急去检点后院花草了，伸个懒腰再睡一会儿。

起床后只觉得酒意还没有完全消退，自己动手，活火煎茶，品尝新做的千层糕，再打开信札，了解一下老朋友的行程。

好朋友从"春水断桥"的江南出发，骑着一头瘦驴，踏过梅坡山涧，穿过杏花疏雨，只为践约姜丝煮酒的召唤，完全不计时间成本。这一路走走停停，已经走了个把月，估计今天该到了。

去鱼塘放几杆散钓，等客人来了，做一道松鼠桂鱼，割一畦新韭，炒几个笨鸡蛋，再做一道莼菜羹。但等到日落黄昏，客人还没有到达。也不着急，该来的自然会来。果然，寒夜客来，柴门犬吠，披衣而起，为远道而来的朋友打开柴门。然后，拨旺炉火，温吞小菜，三杯两盏老酒，快意清谈，抵足而眠。天亮了，主客酣睡，全然忘了时间的存在。

这大把时间,花得不明不白，想一想，又是明明白白，时间不就是用来浪费的吗，着急是一天，不着急也是一天。

五

这种慢生活不是无所事事,而是积极的生活模式,与路边花草为邻,与流浪猫狗为友,摒弃手机,静观万物,反省己身。

慢生活可做的事可多了,古人已经示范若干:

散步:"云淡风轻近午天,傍花随柳过前川。时人不识余心乐,将谓偷闲学少年。"

午睡直到黄昏:"野人爱静仍耽寝,自问黄昏肯去无。"

听雨:"小楼一夜听春雨,深巷明朝卖杏花。"

细数落花:"北山输绿涨横陂,直堑回塘滟滟时。细数落花因坐久,缓寻芳草得归迟。"你知道,此刻的"相公"终于放下了公务和朝廷争斗,他自由了。

访友:一定要访问那种"缺心眼"的朋友,如果事业大成,自夸股神,你可别去,这一去,罗臊(啰唆)半天,给您添堵。要去,就随孟浩然去田家,吃黍米饭,尝走地鸡,喝菊花酒,聊桑麻事。

当然,现代社会,还有很多好事可以慢慢地做,比如,和家人好好吃一顿饭,约恋人去看一场电影,真心愉快地陪太太去买几件衣服,很耐心地辅导一次孩子。

慢生活里有很多人生的快乐。

在云中,在松下,无言中天机自在

一

生活方式的自由选择是社会进步的重要标志,盛唐的一个突出标志,就是"唐人"有了更多生活方式的选择。前卫的唐朝人,不再是为了活着而活着,有一些人开始以"生活"为目标,充满创意、充满幻想地活着。

当然,读书致仕、建功立业依然是当时的主流价值,但非主流人士也有自己的活法。游览山水,纵情自然,还有一些人,真诚地相信通过修炼可以达成物质身形的转换,华丽而空灵地转身,离开这个曾经十分依恋的土地,飞升虚空,过上南华真人庄子在《逍遥游》里描述的生活:"藐姑射之山,有神人居焉。肌肤若冰雪,淖约若处子,不食五谷,吸风饮露,乘云气,御飞龙,而游乎四海之外。"

唐代有一类比较特殊的道人,他们蹲在唐朝皇帝家门口的终南山隐居。因为李唐王朝以老子为祖先,推崇隐居修道者,在科举考试中还设置过道举"崇玄科",测验考生对道家经典的掌握。

除了理论,更看重实践,如果你隐居得好,名气大,朝廷就可以请你出来做官。有些人竟然想到先隐居再当官这条路子,这批人专门隐居在终南山,等着被"发现",这叫"终南捷径"。走这条路的算不上真隐士。

当然,道士队伍里也有真诚隐居者,他们希望"换一种活法",为"平行移居"到另外的时空做起伟大实验。

中唐诗僧贾岛曾出家为僧,也一直推崇隐居生活,即使后来还俗入世,心中对隐居生活的向往从未放弃过。或许是有感于终南山有一批假道士坏了世道人心和隐士形象,贾岛写过一首《寻隐者不遇》,告诉世人真正的隐者是什么模样:

> 松下问童子,言师采药去。
> 只在此山中,云深不知处。

诗人到山中寻访隐者不遇,有感而作。隐者不详何人,此诗的具体创作时间也难以考证,甚至有可能根本就没有这次寻访,是作者凭空构思之作,作者的重点是要推出一个真隐士。

二

这首诗对真隐居人士的生活充满向往,表面上看是写"不遇"，其实他已经"遇见"。从眼前的青松，到白云深处，从谈吐不俗的童子，到隐身于云雾缭绕处采药为生、济世活人的看不见的"师父"。

他知道，他心仪的真隐士，就在这大山的深处，而且，这山里处处是隐士的身影，诗中描写的缥缈而不虚无的生活方式就是真隐士的显现。诗作的感情起伏变化，从初寻隐士的希望到访而不得的失望，最终表达了神遇而不以目视的相见。

也许，写这首诗还包括了"正名"的动机，告诉世人，世有某些终南山隐居者，那是包装炒作的隐士，也有你见不着，或无须见面的真隐士。因为是真隐士，所以贾岛对他有高山仰止的钦慕之情。

这首诗在写作方法上也非常巧妙。诗作运用了问答体，而且看上去是一问一答，其实是几问几答。第一句写寻访者询问童子师父的踪迹，后三句都是童子的答话，但寻访者其他后续提问都包含在童子的回答中了，非常高明。

同时，短短四句诗，把寻访者羡慕的心情，童子坦然自若的态度，高人不见踪影，却处处可见高人踪迹的姿态描绘得淋漓尽致。诗中以白云比隐者的高洁，以苍松喻隐者的风骨，也是景中有情，意味深长。

除了以问答体来写"寻"的过程，诗歌结构上也是一波三折，明末清初徐增《而庵说唐诗》："此诗一遇一不遇，可遇而终不遇，作多少层折！"具体说来，四句诗一波三折，题目已经包含波折,"寻隐者"而"不遇",一起一伏;虽然不遇,但于松下巧遇童子,找到线索,二起;童子言吾师采药去了,你今天见不着,二伏;失望之际,童子提示,只在此山中,又带来希望,三起;虽然就在此山中,但在云深不知处,你不一定找得到,三伏。

这么多的波折都包含在短短的五言四句二十个字中,是一篇难得的言简意丰之作,是千锤百炼后的精粹之作,多一个字嫌多,少一个字嫌不足,而且,极炼而不见其炼。

这首诗还有一个特色,就是抒情含蓄、平淡中见深沉。一般访友,闻知他不在家,也就自然扫兴而返了,但这位访者一问之后并不罢休,又继之以二问三问,其言简练,其意深长。

这三番答问,逐层深入,情感有起有伏,文字上却不动声色、含蓄到极致,可以说这首诗是东方艺术美的代表作,是中国诗歌"神韵"(含蓄美)风格顶峰上的顶峰。

所谓言简意赅,所谓神龙见首不见尾,都可以在这首诗歌里看到。也可以说,仙风道骨,此之谓也。

另外,有人分析说这首诗表现寻隐者不遇的焦急,这种解读未必准确。我认为此诗歌表现的是乘兴而来、兴尽而返,身未遇而神已遇。

知道了这位高人的生活方式完全符合,甚至超出自己的美好想象,不见也无妨。相见不如不见,不管你来不来,找不着,看不看,隐士都在那里,如此则留有余地,意味深长。

三

其实，这种追求以神遇而不以目视的境界，在东晋"王子猷雪夜访戴"的故事中已经出现，只是这种风度和见识太前卫了，当时的人知道"妙"，但说不出"妙"在哪里，更无法以诗歌的形式呈现，当时的义理诗还处在乏味的玄言诗阶段。

王子猷雪夜访戴的故事出自南朝文学家刘义庆的《世说新语·任诞》，我把故事抄写在这里，供大家体味当年人性人情之高妙：

王子猷居山阴，夜大雪，眠觉，开室，命酌酒，四望皎然。因起彷徨，咏左思《招隐诗》。忽忆戴安道。时戴在剡，即便夜乘小舟就之。经宿方至，造门不前而返。人问其故，王曰："吾本乘兴而行，兴尽而返，何必见戴？"

这种寻而不遇，身不遇而心已遇的境界在宋代也有一首诗做了呼应，宋朝叶绍翁的《游园不值》："应怜屐齿印苍苔，小扣柴扉久不开。春色满园关不住，一枝红杏出墙来。"《游园不值》的基本情节也是寻人不遇。

不遇，未免有点扫兴，既没有留言，也没有童子出来支应几句，但扫兴之余惊喜地发现一枝红杏出墙来，代替主人打了招呼,既避免了"屐齿印苍苔"之"煞风景",又给访客留足了满园春色在墙内的想象空间,将一场平常拜访转化为"精神游园","得意"而释形,与贾岛的《寻隐者不遇》有异曲同工之妙。

另外,有一本当代奇书,记载了作者寻访现代终南山隐士时看到的真实场景,或者有助于我们理解隐士的生活状态,这本书是美国作家比尔·波特写的《空谷幽兰》。

《空谷幽兰》为纪实体文学,真实性就是其吸引力所在。作者面对面采访的这些现实生活中的隐士远没有想象中那般浪漫,更不要说神奇,他们的处境并非"在云中,在松下,在尘世外"般超然、自由。相反,他们过着最为原始的日子,忍受着常人所难以忍受的孤独和贫寒。

作者对中国传统隐士的核心价值有所了解,他说:"只要你不受欲望的困扰,只要你的心不受妄想左右,那么你是出家人还是在家人,根本没有什么区别。"小隐隐于野,大隐隐于市。隐,与其说是一种行为,不如说是一种心态。

谁还没几个朋友！

诗家天子、社交达人的朋友圈故事

一

受传统戏剧的引导，以及现代电视剧的影响，我们总以为古人考取进士，有了功名，人生就是一路开挂，乃至于弄个部长、厅长级别的尚书侍郎过过瘾都是小菜一碟。

君不见邻家木兰妹，化了个男妆，走了个中性化路线，喝了个大酒，打了个硬战，回来就是"可汗问所欲，木兰不用尚书郎"，这富贵发达的速度，有点令人向往！实际情况并非如此。

大多数时候，通过科举获得功名，也就是有了一纸文凭，还要通过吏部（相当于组织部）的考试才能外放为县级官吏。当年县一级官衙规模其实很小，比如，安史之乱后，唐代诗人元吉被投放到道州做刺史，他写诗为民生之多艰叹息。据载，道州原来还有四万多户，因赋税太重，激起民变，经此兵荒马乱，道州居民不满四千。

可见，边缘地区一个州就这么点人口，小县城一般连城池也没有，也许就一条街，有个赶圩的集会地点，就算地方上的政治经济中心了，绝对比不上今天城市居委会的建制规模。所以，千万不要把古代的县官想得多么威风。更要命的是文人当官，如果不是官二代、官三代，大都很"青涩"，没有当官的经验，要不就是工作太积极，要不就是不会看眼色，所以犯错被贬是经常的事。

王昌龄于开元十五年（727年）进士及第，授校书郎。开元二十二年（734年），王昌龄想到自己考试是把好手，再次参选博学宏词科，不出所料，成绩优异，但高开并没有高走，登科后改任河南汜水县尉。

估计是个人期望和领导安排有差距，心中不免有些怨气，开元二十六年（738年）不知道搭错了什么筋、说错了什么话，冒犯了朝堂要人，被远谪岭南。

好在唐代社会经常玩社会治理"丢骰子"游戏，皇帝一高兴就大赦天下，王昌龄被贬的次年遇赦北归，返回长安。一番磨难后，出任江宁（今南京）县丞，但仍属"谪宦"，也就是内部训诫、带病工作，属于"拉一把"的对象。

辛渐是王昌龄的朋友，这次拟由润州（今镇江）出发，取道扬州，北上洛阳。王昌龄专门从江宁全程陪同，送辛渐到润州，饮酒作别。这说明辛渐是王昌龄非常要好的朋友，因为在职工作人员要越界迎送客人，一定要打报告，需得到主管领导的批准，否则属于翘班溜号、违规渎职，视情节轻重给予处罚，从口头警告到开除公职。如苏轼出知杭州，途经南京（今河南商丘），陈师道在没有得到知州批准的情况下，越境相送，结果被罢免职务。

二

王昌龄辛渐提前一天到达润州，昨晚选了个高楼雅座，点了镇江肴肉加两瓿兰陵美酒。把酒宴别，临风洒泪，估计大半宿促膝谈心，知心的话儿说得差不多了，今天清晨又到江边送客，临别赠言，长情短笺，以七绝相赠，留下了《芙蓉楼送辛渐》二首。

第一首写眼前的送别，写完了不过瘾，又加上一首倒叙体诗歌，回忆昨晚的宴别情景。我们重点讲析第一首：

寒雨连江夜入吴，平明送客楚山孤。
洛阳亲友如相问，一片冰心在玉壶。

作者为朋友送行，却一直陪到润州，可见交情之深厚，也见得工作不太忙。换句话说，官场很忙，但没我啥事，也就是没有决策权，没有话语权。日常工作也就是"旁听""参谋"加"举手"而已。

这是被贬官员的常态，如白居易被贬到九江后，就有时间送客到江边，后来又干脆关了手机，留下来喝酒听音乐；柳宗元被贬到西南，每天都在发现新景点的途中。所以，繁忙是领导在岗的标配，而悠闲是不得意的代名词啊。

清晨，天色已明，辛渐即将登舟北归。诗人遥望江北的远山，想到友人不久便将隐没在楚山之外，孤寂之感油然而生。在诗人的词典里，远方总是美丽的，孤独总是随身的。

友人即将回到洛阳与亲友相聚，而留在吴地的诗人，只能像这孤零零的楚山一样，伫立在江畔空望着流水逝去，一个"孤"字是这首诗感情的引线。这寒雨中的孤峰，既是景语也是情语。这孤山既是诗人孤独的象征，也是诗人孤傲的象征。"孤"来自他人对自己的不理解，"傲"来源于自信。

虽深陷污淖，但自信冰清玉洁，希望借送别之际给最亲近的朋友说几句贴心的话，同时传信给远方的亲朋，给他们说几句放心的话。

古人对分别很看重。由于交通和通讯困难，一分手就是千山万水，一分手甚至是天荒地老。

所以，唐人写送行的诗歌特别多：王勃送杜少府，王维送元二，李白送孟浩然，杜甫送李白……不胜枚举。写诗有什么用？除了科举加分，除了"露才扬己"，不就是送朋友吗，此时不用，学诗干甚？

诗人在寒雨连江、交通不便的时候，连夜赶过来送行，也就是为了说一声再见，可见交情之深厚。放在今天，发个表情包也就差不多了，所以说交情和商品一样，越是广泛流通越不值钱。

这首送行诗比较特别，开头写景有气势，将听觉、视觉和想象概括成连江入吴的雨势，以大片淡墨晕染出满纸烟雨，用浩大的气魄烘托了"平明送客楚山孤"的开阔意境。风雨天送客，感慨特别多，悲伤特别多，景色也特别凑趣，变着法儿让你伤心，让你写诗，这叫触景生情、情景交融、境由心生。

三

绝句的作法，一般有起承转合的基本规则，第三句要转折，但这首诗第三句的转折也太猛了一些。

送别诗词，大多为行人作想，想象行人"西出阳关无故人"，想象诗人"今宵酒醒何处？杨柳岸，晓风残月"；也有"二百五"诗人，且不管分别后朋友前途如何、心情如何，自管自"系马高楼垂柳边"，先喝几杯，说是一醉解千愁，但怎么的这也是为朋友解忧啊；高大上的送别金句有"莫愁前路无知己，天下何人不识君"，这种安慰档次很高，朋友听了会破涕为笑；当然，这些都比不过王勃的名句："海内存知己，天涯若比邻。"虽然，以上送别的表情包不一样，但都是作者为行者着想。

这一首诗比较奇特，诗人没有按套路打出温情牌，说出暖心话，没有从对方落笔，安慰朋友，排解寂寞，倒是以自己为中心，将赠诗变成自我表白，让朋友捎句话回去："洛阳亲友如相问，一片冰心在玉壶。"

这种写法有特色。不写朋友,纯写自己的感受,因他人回家,带自己口信,借他人酒杯,浇自己块垒,这种写法够交情、够爷们儿?

实在是因为王昌龄很郁闷,王昌龄有话要说,他被泼污水了,他冤哪。

总感觉古代诗人被冤屈的很多,文人被污名化的也比较多,如果听"一面之词",骆宾王、陈子昂、李白、韩愈、白居易、苏东坡,整个文人圈好像是以窦娥为班底组成的。因此,以诗词来抱怨自己受委屈的作品很多,这是有多重原因的。

一是文人圈和官场内卷特别多,而只要是加入内卷,人人都觉得自己吃了亏;二是古代文人官僚没有自我反省的优良传统,很少见到他们低头反思,检讨自己忘记初心,都觉得自己是水晶座,冰清玉洁,无端被人玷污;三是文人有个优势,能抱怨,会抱怨,比如写诗抱怨,就是很有文化的"叨叨",所以,古代感叹冤屈的诗词不少。

四

如前所说,这首诗的立意并不新鲜,也就是去黑加洗白,但这首诗用了一个比喻,特别精彩,为中国文化增添了一个优美意象,这就是冰心玉壶之喻。

首先说玉壶之喻。

玉是中国传统文化的一个重要组成部分，中国人把玉看作是天地精气的结晶，以玉为物质载体的玉文化，贯穿了中华文明史，深深地影响了古人的思想观念。可以说，凡是夸人，大多要用到玉。

写皇家富贵：雕栏玉砌；富到发傻：炊金馔玉；夸人漂亮：男子叫长身玉立，女子叫如花似玉，儿童叫粉妆玉琢；夸人有才：怀珠韫玉；有才却不出货：浑金璞玉；有点缺点，也不要紧，还有词儿：白璧微瑕。

总之，在汉语中，要夸人，没有一个"玉"字解决不了的。

所以，中国人命名，只要扯得上，都喜欢加个"玉"字。老天爷也不例外，如老百姓最认可的天帝叫玉皇大帝，他的太太王母娘娘居住的昆仑山是玉器集散地，嫦娥到了月宫，再穷再苦再孤独，也要弄个玉兔陪伴，达官贵人即使遭遇不测，也要弄个"玉碎"，否则太没面儿。

男孩生下来的规定动作就是"弄玉"，到老了，还要弄块老玉在手上盘来盘去，直到盘出包浆、盘出天真，人玉合一，才叫精彩人生。

贾府有个宝贝疙瘩叫宝玉，贾府还有有个玉男子系列组合：贾琏、贾珍、贾环、贾瑞、贾琮、贾琉。

女孩子名角可以叫"弄玉"（秦穆公的女儿），贾府的贵族女子常常不由自主地升起对"玉"的暧昧情愫：林黛玉题诗中有"半卷湘帘半掩门，碾冰为土玉为盆"的句子；探春有"玉是精神难比洁，雪为肌骨易销魂"的句子；薛宝钗有"淡极始知花更艳，愁多焉得玉无痕"的句子；史湘云有"神仙昨日降都门，种得蓝田玉一盆"的句子。这些诗句未必都是为宝玉而写，就是一种"玉"文化的接受与散发。

平头百姓家女子也可以与玉簪、玉梳、玉环为伴，据说长期佩玉通经脉，皮肤好，取个名字也可以叫玉梅、玉香，实在想谦虚，那就叫"小玉"吧。

所以，这里的"玉壶"物象不是器具，而是高贵精神、纯洁人格的象征。

为什么还要用"壶"呢，因为诗人要用它来盛放"冰心"。"冰心"这个比喻有来历，陆机《汉高祖功臣颂》有"心若怀冰"句，比喻心地纯洁。鲍照《代白头吟》："直如朱丝绳，清如玉壶冰。"也是以"玉壶冰"比喻清白的操守。

玉壶、冰心之比喻，不是王昌龄的首发，但把二者合到一起，就是诗人的创造。

玉壶盛冰心，一片光明莹洁，高贵无比，成了后人品格造型的样板。王昌龄创造的这个比喻，一下子占据了君子比喻的中心地位，有才有品的男女是如此喜欢这个比喻，虽然没见到名人取名"玉壶"，但确实有人取名"冰心"。

王昌龄托辛渐给洛阳亲友带去的口信既是竹报平安，请亲友放心，自己一定会平安落地，也是传达一种信念，自己冰清玉洁、一辈子坚持操守，知道做人为官的道理。这诗其实也是一首明志诗。

　　人以群分，写自己高洁，朋友辛渐也应当是高洁之人，否则，两人搭不上话，说不到一起。这么看，结尾是写自己，也是写朋友啊！没毛病！

大数据告诉你李白王维没有交集

鲁迅与郭沫若生活在同一时代,都是文坛大咖,生平却没有交集,这个事实令很多现代文学研究者扼腕叹息,好好的两位名人,咋的就不来往呢?

这令人遗憾的情况同样发生在唐代。同年出生,差不多同时去世的王维与李白,都是当时著名诗人,称得上盛唐诗坛双雄(杜甫的扬名还要晚一些),都在京都长安生活工作过,天宝初,还有同一时段在朝为官的经历,两人也有一些相同的朋友,如孟浩然、杜甫、贾至等,甚至有同一位绯闻女友,但李白、王维却一生没有交往,这到底是怎么回事呢,我们得替古人操一回心。

这可能与文人相轻有关系,可能与误解有关系,可能与性格差异有关系,可能与政治观点不同有关系,可能与内卷有关系,可能与同一个绯闻女友的"挑拨"有关系,可能与两人的粉丝打群架有关系,这些都没有定论,现今的研究者或无意讨论或有意回避。今天,我们还是把话说开了为好。

本文不是全面梳理王维、李白的生平事迹与诗歌成就,也不想强作解人,对王维、李白二人不来往、不交流、不酬唱、不和诗,也不吵架的奇怪状态断个是非曲直,只是选择部分资料排列,做了个 word 文档,把两个人的背景情况逐一比较,也许你自己能琢磨出其中的原因。

谁还没几个朋友！

	王维	李白	评点	注释
字、号	王维，字摩诘，号摩诘居士。	李白，字太白，号青莲居士，又号"谪仙人"。	王维的名字有明显的佛教印记。李白的字、号自带仙气。看来两人确实是"道不同"啊。	
生年	701年	701年	不管他俩是否愿意，他们注定是"同年"。	王维生年有不同说法，专家基本上认可生于701年。李白出生于异域，生年无法坐实。
卒年	761年 王维于上元二年（761年）七月卒。临终时，意识清楚，亲友辞别，作书向亲友辞别，完成后便安然离世。有点前世李叔同的姿态。	762年 李白生于上元三年（762年）去世。去世情状历来众说纷纭，其一是醉死，其二是病死，其三有点浪漫，来自民间传说：李白是醉酒以后捉月坠水而亡。	他们生而"同年"，但卒非同时。好像是王维不想和李白同年死，一赌气，王维先走。王维走得安然，很平凡，李白走得很神奇。	

157

续 表

	王维	李白	评点	注释
出生地	出生在河东蒲州（今山西永济）。	李白出生于安西都护府之碎叶城（今吉尔吉斯坦境内），约五岁时随父迁居绵州彰明县（今四川江油）之青莲乡。		李白出生地，由郭沫若出具考证材料并一锤定音。
星座	很爱干净，地不容浮尘，估计是"水瓶座"。	可能是"双鱼座"或"巨蟹座"，要不，就新设一个"大鹏座"，遂了他的心意。		
家庭背景与社会关系	出身太原王氏。母亲出生于博陵崔氏，属五大姓崔家族。据说，宁王、薛王待王维如师友。（见《旧唐书》）	是流放者的后代，父亲为商人，商人在古代李客视链的下限，自己还做了赘婿，身份相当于准贱民。	因为出身差别大，王维可以年纪轻轻就被保荐为状元，李白连参加科举考试的资格都没有。如果两个人年轻时相见，可能会拔剑决斗。	
兄弟姐妹	与兄弟姐妹十分友善，相互帮衬，是"悌"文化的代表，如《九月九忆山东兄弟》《别弟妹》（二首）。	说起来都是泪，就没有听说过李白有兄弟姐妹，可能是李白出生地医疗条件差，只存活了他一个。李白《万愤词投魏郎中》	李白从小"缺爱"，没有兄弟姐妹的清晰记载，所以特别愿意结交异姓兄弟，抱团取暖。王维在结交朋友这个问	

续表

	王维	李白	评点	注释
婚姻状况	一次婚姻。	按照李白"铁粉"魏颢的《李翰林集序》记载:"白始娶于许,生一女、一男曰明月奴。女既嫁而卒。又合于刘,刘诀。次合于鲁一妇,生子曰颇黎。终娶于宋。"	婚姻次数的多少不能说明人品,但可以解释人性之差异。估计王维不会和李白讨论续弦的问题。这就少了一个男人热衷的话题,所以,见了面,说什么是好呢?	
与妻子关系	开元十九年(731年)前后,王维妻子去世,王维一辈子守鳏,之后再没有续娶。	李白与发妻关系不错,但好像没有很深的感情交流,作为赘婿,李白可能有压迫感。与其他几位妻子或同居者	讨论到夫妻关系,王维也是无法共情。	

弟》都是证明。王维晚年不慎落入伪军手中,犯了大错,是弟弟王缙申请削职自罚救了他。

中有"兄九江兮弟三峡"句,但也可能是堂兄弟或异姓兄弟。宋代杨天惠《彰明逸事》载李白"有妹月圆",也类似传说。

题上很慎重。

续表

	王维	李白	评点	注释
重要绯闻联播：都与玉真公主有点小关系	青年时代参加科举时，太想获得成功了，就帮他联系上了玉真公主，内定为"状元"，可能是交往中有不合适的举动，留下了绯闻。王维后来一定有闭症、强迫症，如"地不容浮尘"。	的关系，也比较平淡。李白曾经写诗，抱歉自己只管喝酒，冷落了其太太中的一位太太，忽视了太太的感受。开元十八年（730年），李白三十岁。初夏，注长安，寓居终南山玉真公主别馆。虽然玉真公主这次没有接见李白，但从此二人有了交集。李白曾向玉真公主献诗："几时入少室，王母应相逢。"李白天宝元年（742年）进京供奉翰林，一般认为，除了贺知章，还有玉真公主鼎力相助。	大唐很大，但名人圈子很小。据考证，李白、王维有同一个绯闻女友，就是唐玄宗的妹妹玉真公主。王维家教比较严，与玉真公主的"非正常来往"可能被家族打了"低评"，并留下了心里创伤。李白不怕绯闻，有时候还有意制造绯闻来吸引流量。他创造诗歌中就有献给玉真公主的"准情诗"。可能由于这个特殊关系，两人不愿意见面。	王维、李白也告诉我们，高考可以作弊，不可能行贿开后门。没有情和色交换，就没有伤害。

续表

	王维	李白	评点	注释
婚外情	除了玉真公主,没有证据说明王维有婚外情。	李白有大把的婚外情,但在旧时代,叫作风流,叫作逢场作戏,叫作喝醉了的男人都会犯的错误。		
性格和生活态度	一看就知道是好人家出身,优雅,有礼貌,爱学习,琴棋书画样样达到考级水平,甚至是全国顶流人物,性格柔弱,有一定的强迫症。唐冯贽《云仙杂记》说:"王维居辋川,宅宇既广,山林亦远,而性好温洁,地不容浮尘,日有十数扫饰者,使两童专掌缚帚,而有时不给。"	李白一生追求自由,羡土王侯,对权贵显耍,他"手持一枝菊,调笑二千石"(《醉后寄崔侍御》二首之一)。"出则以平交王侯,遁则以俯视巢许"(《送烟子元演隐仙城山序》)。李白为人豪爽,待人真诚。李白也有好幻想的一面,好"大言",情绪波动比较大,年轻时还有暴力倾向,据说或成为自卫在闹市杀人,没有早年犯罪记录。	王维、李白的性格差异很大,若是麻将桌上相遇,"三缺一",也凑不成一桌。	

续表

	王维	李白	评点	注释
学习态度	这是明显强迫症。可能当年为了做"当红炸子鸡"违心接受了不合适的安排。	爱好广泛,感官享受优先,但他依然是中国人最喜欢的诗人之一。		
	爱学习,属于从小学到中学都是有三条杠的好学生。	天生调皮,有创造力,一般情况,上课不听讲,但如果老师教育得法,李白学习也会刻苦认真,如四川民办学校老师"老姥"通过说故事的方式就让少年李白服服帖帖。		
学习成绩	年纪轻轻,获得全国高考第一,名牌大学任他选。	很聪明,但学习科目很杂,诸子百家,都有兴趣,属于在课堂里经常被老师喊着"小白出去"的那一类学生。		

续 表

	王维	李白	评点	注释
科举功名	开元九年（721年），中进士，中举后立刻担任太乐丞，虽然只有八品，但也是国家级音乐机构负责人啊！	这是李白一辈子的"痛"，只能以酒浇愁，酒喝多了，就大喊，文"凭"算"毛"线"？我是天才，你见过哪个天才追逐文凭？	谈科举，王维会颔首微笑，李白会痛心疾首。这也是两个人很难聊到一块的原因。	
是否公务员	是！王维是唐代公务员，中年以后，自愿成为调研员，半官半隐。	曾经临时借调到中央政府做"供奉"，也就是文学侍从。他误以为进入中央吏部开设的培养相梯队，是培养他进入宰相的时候，接到通知通知的时候，他竟然"仰天大笑出门去"，有点《儒林外史》中胡屠夫女婿的意思。		
最高行政级别	尚书右丞。	宫廷供奉，唐玄宗临时秘书，学术顾问，宫廷歌词作者。		

163

续 表

	王维	李白	评点	注释
工作经历（删节版简历）	开元九年（721年）为太乐丞，开元十四年（726年），看了不该看的演出——"黄狮子舞"，被贬，任济州司仓参军。后来，多次调动岗位，天宝十一载（752），拜吏部郎中，给事中。"安史之乱"犯了错误，唐军收复长安以后，王维被降职为太子中允，唐肃宗上元元年（760年）转任尚书右丞，世称"王右丞"。	长期无业，诗酒班头。后来以交接社会名流和异相人士为主要工作，三教九流诸都是交接对象，并获得诸多名流大腕赏识和推荐，终于进入宫廷。但李白对于工作安排不满意，甚至"天子呼来不上船"，一年多的工作考核为"下下"，考虑到社会影响，给了他补贴，"赐金还山"。然后，长期游览南方，安史之乱时，希望再次出山，为国家报效，但站错了队，被投入大牢。		王维被贬，可能是因为有心脱离公主，摆脱"真王三"的影响，所以流言蜚语，可能属于故意犯错、自愿被贬。小公主真阴险脱身，自能言蜚语，可能突然被贬。

164

续 表

	王维	李白	评点	注释
二人最有可能交集的时间段	天宝元年(742年),在长安,转左补阙。天宝三载(744年),厌倦长安的热闹生活,开始经营蓝田辋川别业。	天宝元年(742年),李白奉诏进京,供奉翰林院。天宝三载(744年),李白被"赐金还山",离开长安。	李白进京担任御前供奉以后,有一段时间曾大红大紫。王维可能看不上、或不屑为伍,可能这也是王维躲到辋川隐居的一个原因。	
政治态度和历史遗留问题	王维爱国爱家爱政府,从来不说不利于朝廷大局的话。在沦陷区期间,被授予伪职,虽然没有一头撞死,但很认真地研究验方,吃了"哑药",装聋作哑、不参加"维持会"的活动,并偷偷地写了热爱祖国和朝廷的诗歌,发出去的时候屏蔽了大部分朋友,但还是让	打小从西域归来,就依饭文化了中华文化,很想做大事,而且想做大事。晚年,李光弼东镇临淮时,李白不顾61岁的高龄,闻讯前往请缨杀敌,希望在垂暮之年,为挽救国家危亡尽力,因病中途返回,次年病死于当涂。但李白说话没有把关的,特别是喝酒以后,怎么痛快怎么说,而写政府是醉意识定位属于低档,或洽意识定位属于低档,或	与高适相比,两人都不是政治上的能臣,都犯了错,不见面也好。	

165

续表

	王维	李白	评点	注释
	一部分在根据地工作的情报人员收集到了。为此，评叛王维的重要依据。免王维以后成为赦	不可信任这一类，提干基本上没戏。由于不认真学习，政治意识确实属于"弱智"，"安史之乱"中站错队，就是因为平时喝酒太多，学习太少的原因。		
宗教态度	笃诚奉佛，有"诗佛"之称。开元十七年（729年），开始从大荐福寺道光禅师学顿教。	宗教态度比较杂，主体是道家思想，还曾在齐州正式加入道籍，但平时写作，也会用到佛教典故。另外，平生抱负是"寰区大定，海县清一"，这又是儒家思想。李白的思想比较杂，还有纵横家、侠义等思想。	要是王维李白见面，任何主题，李白都能滔滔不绝，而王维，除了佛教，或许只有"听讲"的份。说到"佛教"，那是王维心领神会为主，不需要吾生莲花，口若悬河。总之，王维见了李白，就俩字：尴尬。	
有交集的朋友	与孟浩然深度交流，与杜甫、贾至等有诗歌酬唱。	追着孟浩然做朋友，与杜甫热络过，与贾至有交往。		

续 表

	王维	李白	评点	注释
诗歌成就	以诗名盛于开元、天宝间,尤长五言,多咏山水田园,与孟浩然合称"王孟"。	唐代伟大的浪漫主义诗人,被后人誉为"诗仙",与杜甫并称"李杜"。		
艺术成就	书画特臻其妙,后人推其为南宗山水画之祖。工草隶,善画,名盛于开元、天宝间。音乐造诣颇高,中举后立刻担任太乐丞。(见《新唐书》)	《上阳台帖》为李白书自咏四言行草诗,也是其唯一传世的书法真迹。		

通过以上的排列比较，大概都能看出两个人差异太大了，确实成不了朋友。

两人的艺术成就都很高，都是大咖，都有拥趸，还是各自耕耘自己的一亩三分地为好。

随他去吧，强扭的瓜不甜，他们就像黑夜里相遇的两艘船，灯光偶尔扫过对方的船舷，此后，各自行驶在自己的航道。

以诗和远方，致敬激情燃烧的岁月

一

人类天生都有好奇的一面，渴望追逐远方的风景，这是推动人类发展的重要动力。

有人为了远方的风景，辞职旅游，外面的世界很大，我要出去看一看。那些实在放不下家庭、走不出去的人，至少要用个"人在冰岛"这样的位置信息，也算给远方打了个招呼，安慰了寂寞。

在交通不发达的古代，有的人一辈子窝在乡下，进一次县城，看见了四人抬大轿，见识了城里人用葱丝烧鲫鱼，回家也要感叹好一阵子，对于更远的风景，那就只能想象了。

李白见过世面，见过远方的风景，所以，他可以"大言不惭"，每每用一些"黄河之水天上来""蜀道难，难于上青天""燕山雪花大如席"这样有气势、有大局观的句子，把没怎么见过世面的围观者唬得一愣一愣的，直夸他为"谪仙"。

一般人摆不脱与生俱来的"小家子气"，这也是没办法啊。

看看我们自己,以前都是一辈子住在小阁楼,在小弄堂里埋汰烧洗一辈子,最豪华的举动也就是到城隍庙边上的肉店切一碟子猪耳朵,再配点小菜,喝点小酒,给你个沙漠探险加大奖的机会,你都不敢参加啊。

二

边塞诗包括描写边塞战争的诗歌和描写边塞风光的诗歌。高适的《燕歌行》是边塞战争的代表作,岑参这首《白雪歌送武判官归京》是写边塞风光的绝品。

唐代文人喜欢旅游,有些文人爱静水浅流,追踪六朝文人,深度发现江南,一路上刷屏加涂鸦,在寺庙和酒店的墙上乘兴写下漂亮的诗句,就有了山水诗。要说现在的游客喜欢在景点题写"到此一游"这种恶习,如果放在唐代,那叫雅趣。

还有一些"多动型"文人,愿意翻山越岭,能骑马,能喝酒,希望到大西北走一走。虽然当时还没有专门组织西北线路的旅游公司,但这条线路上的自发驴友很多,他们游走北漠和西域,一方面,希望碰到个赏识诗人的军阀,聘为幕府师爷或书记判官,获取功名;另一方面,也想通过制作西域风光短视频来吸引读者,增加流量。

当时的置顶广告就是,西域路上,那才叫一个酷炫。这就有了边塞诗。高适、岑参、王昌龄、王之涣就是当时诗坛加歌坛的

"边塞诗四大天王"。

当然，文人起兴游走漠北，大都是在未发达时期，道理很简单，人穷，就少了一分得失之心，赤脚的不怕穿鞋的，穷人不拍劫道的，无资产阶级，无功名人士，能失去的只有锁链。就像改革开放初期，很多人向往着远方的风景，提着行李，怀揣几百美元就敢闯天下了。到了国外，一天打三份工，半夜归来，在空无一人的火车站等待凌晨进站的第一班车，寒风中唱着国际歌，特别有悲壮的感觉。再苦再累，我在远方追求，一下子把村里小富即安的后生甩开几条街。

岑参当年投身塞外，情况与此有类似之处，岑参他们这批人就是唐代大西北探险者。

唐代的边塞诗作者，真正到过边塞的、在军伍中抡过勺子的并不多，他们写的大多是想象中的边塞风光和边塞战争，而岑参是有真体验、真知识的军人作家。

三

当年文人的上进之路，达官贵人子弟有恩荫，一般下层士子想进入上层社会，能走的路大致有科举、幕府和军功，还有特殊人才选拔，如李白通过一顿黑箱盲盒神操作，被皇帝亲自发现，布衣进京，一飞冲天。

岑参追求上进的时代，是唐代历史上少有的险恶时期，一个主要原因是朝廷用人不当，奸相李林甫执政，他妒忌天下一切有才的人，而且，此人居相位十九年，干了不少坏事。

最大的骚操作发生在天宝六载（747年），那一年因为李林甫的精心安排，全国性科举没有一个士子及第。李林甫竟还表贺"野无遗贤"，让皇帝放心，只要是人才，都已经进入大唐公务员队伍，有我帮您看着，您老人家放心去骊山泡温泉浴，剩下的事交给我就行。杜甫就是那年应试不第，莫名其妙就落魄了。

在这样的大坏形势下，一大群仁人志士，包括尚无功名的和已经科举及第，但无望升迁的士子都只好绕着道走了。岑参躲得最远，入幕万里外的安西都护府。

文人当兵，想混出点名堂那也不是件容易事。岑参三十岁就中了进士，本来可以等着吏部安排，舒舒服服在机关里混日子，可他脑门子一热，竟然来到边塞兵营，以为秀才遇到兵，人人都欢迎，进了军营大院才发现完全不是那么回事，想施展才华也是困难重重。

因为骑不得烈马，拉不开硬弓，喝不得苦酒，打不了群架，这位文人堆里的"高材生"入伍多年，才混到录事参军（相当于营级干事）之类的军职。

岑参当然不是一般的人，坚信"是金子总会发光"，后来还真被"领导"看中了。他先后出任安西、北庭军事长官高仙芝的幕府书记和封常清的判官，大致相当于军分区司令部正营级秘书。

级别是上去了，但领导并不是认为他有文韬武略，可以领兵打仗，领导看中的是在一堆大老粗里面他最有文化，可以做机要文书，有上级领导来考察时，他可以刷个标语写个诗词，有空时还可以代军人写写家书，在那些边远加高纬地区，没有5G，没有网络，没有邮递员，家书抵万金啊。

岑参的日常生活，也就是换了个地方做文秘工作。慢慢地，他发现虽然已经到了远方，但苟且还是如影随形，摆不脱，理还乱，和心中的理想之境相去甚远。

因此，"安史之乱"爆发后，他就"转业"回到了地方，经杜甫等人的推荐，任"中央直属机关"的右补阙，后来几度升沉，有了红起来的趋势。宝应年间（762年），兼任了殿中侍御史，后来任嘉州（四川乐山）刺史，但不久被罢官，客死成都。

岑参对塞外风光和戍边生活的描写极具特色，成为盛唐时代与高适齐名的边塞诗人。如果说高适诗的显著特点为雄壮的话，岑参的诗应该说是雄奇。

四

边塞诗有多种写法，不少边塞诗是隔空揣摩，望风捕影，但岑参的边塞诗却是来自边塞的现场采风报道，如《走马川行奉送封大夫出师西征》《轮台歌奉送封大夫出师西征》等诗歌都是一线战事报道，这首《白雪歌送武判官归京》也是军旅生活的真实写照。

天宝十三载（754年），岑参充任安西北庭节度使封常清的判官，武判官可能是他的前任。完成了交接手续，武判官要归京了，岑参写下这首诗为他送行。

诗的第一段十句，写大西北风光，突出异域的奇寒和奇丽的特色：

> 北风卷地白草折，胡天八月即飞雪。
> 忽如一夜春风来，千树万树梨花开。
> 散入珠帘湿罗幕，狐裘不暖锦衾薄。
> 将军角弓不得控，都护铁衣冷难着。
> 瀚海阑干百丈冰，愁云惨淡万里凝。

一上来就推出"北风"横扫、八月飞雪的景观，写塞内人没有见识过或体验过的异域天气。首句先写风之势，北地的风，确实是刚烈的、野蛮的，岑参另有很生猛的诗句可以对照着看："轮台九月风夜吼，一川碎石大如斗，随风满地石乱走。"这里写韧性极强的白草也被风折断。

第一句写了风，第二句写雪："胡天八月即飞雪。"风助雪势，雪长风威，"八月飞雪"突出雪来之早。一个"即"字，写出南方人或塞内人少见多怪、望雪傻眼的惊奇口吻。

接下来重点写雪景，按照前面的写法，应当是写皑皑白雪，不见山岭，写"千山鸟飞绝，万径人踪灭"的全覆盖模式，写大雪天不见一个"活口"的惨兮兮模样，但诗人笔锋一转，没有卖惨，而是卖俏，并留下"顶牛级"诗句："忽如一夜春风来，千树万树梨花开。"因为这两句诗，人们从此爱上了北国大雪，从此记住了岑参。

这两句诗不算凭空而来，花雪互喻，早有成例，"雪花"本身就是一个词，但这两句诗袭古而弥新，有借鉴，更有创造。南朝萧子显《燕歌行》中有"洛阳梨花落如雪"的诗句，以雪喻梨花，以北国冬景喻江南春景，把热景写"冷"了。唐朝诗人东方虬《春雪》云："春雪满空来，触处似花开。"以花喻雪，把早春二月的寒雪写暖和了。岑参这个比喻与东方虬《春雪》有相同的构思基础，但无论豪情与奇趣，岑参诗都占先了。

岑参这两句诗把漫天雪花比喻成满园梨花，匠心独运，恰到好处。"千树万树梨花开"的壮美意境，富有浪漫色彩。这两句诗一下子成了唐诗中的名句，咏雪诗的宝典。

仔细品味，"忽如"二字下得甚妙，不仅写出了"胡天"变幻无常，大雪来得急骤，而且，再次传出了诗人惊喜好奇的神情。

通过绝美的雪景来表现诗人积极乐观的态度，同时也为送别朋友营造了大气而美好的氛围：虽然下雪了，但这雪下得如此壮美，犹如满园梨花，为您送行呢！诗人以春景比冬景，几乎使人忘记奇寒而感到喜悦与温暖，如此景观，如此构思，堪称"妙手回春"。

"忽如一夜春风来,千树万树梨花开"这样的诗句,迷倒了很多人。一个文人,一首诗文,是否有价值,是否有影响,一个重要的判断就是它是否有名句流传至今。古代有很多诗人写雪,岑参这两句写得最奇特、最好看,凭着两句"奇"诗名句,岑参永远活在中国古典诗歌中。

五

接下来,诗歌继续写雪景和寒意。"散入珠帘湿罗幕"这一句转换从容,诗笔从帐外写到帐内。镜头随着片片飞"花"飘进来,穿帘入户,沾在幕帏上,然后慢慢消融……

"狐裘"是顶流保暖产品,放在南方,穿上它会热得烦躁,但在这里不顶用;晚上覆盖了"锦衾",只觉得寒气压身,穿透筋骨,锦衾的特色变成两个字:单薄。"弓摧南山虎,手接太行猱"的边将,此时居然手指冻僵,无法拉开角,不是将军无能,实在是天气冷到让人伤心;平素"将军金甲夜不脱",枕戈待旦,不敢有丝毫闪失,而此时是"都护铁衣冷难着"。当然"冷难着"也得着,我们是军人,是守边的军人,吃苦是我们的天职。

这几句诗写边塞军人的感受,写了奇寒,表现了生活的艰难,但着力渲染的还是边塞雪天的奇特之处:冷而"酷",景观变得富有趣味,令读者神往。这就不完全是抱怨,而是带有一定程度的"自炫",写了在艰苦条件下的不屈与坚守,写景中流露出卫国守边的爱国主义精神。

但将军与都户毕竟还有铁衣护身、狐裘暖体,那些在荒野大漠、苦寒瀚海的士兵又是什么样的感受呢?北庭、安西都护府统领着极其广漠的地区,守护这个地区是一个光荣、值得骄傲的责任,但守护这么广大的地区也是非常艰难的任务,特别是在冬天,那些守卫在万里荒漠、边塞城楼的年轻士兵,他们的衣服够暖吗?他们龟裂的双手有防冻膏吗?除了热血,他们还有什么可以抗寒呢?

"瀚海阑干百丈冰,愁云惨淡万里凝"这两句,一般分析认为,以夸张笔墨,气势磅礴地勾勒出瑰奇壮丽的沙塞雪景,为"武判官归京"安排了一个典型的送别环境。我认为这样看是合理的,但还可以有深一层的理解,就是诗人心系守边士兵,放眼大漠,为恶劣的生存环境而生愁。上面两句为"将军"和"都户"叫苦,接下来这两句很自然地联想、过渡到守边的士兵,为他们担忧。心系士兵忧天寒,境界和关怀更为阔达。只是初来乍到,不方便评论军中苦乐不均的现象,只能以写景来抒情。

第二段四句写置酒饯行:

中军置酒饮归客,胡琴琵琶与羌笛。

纷纷暮雪下辕门,风掣红旗冻不翻。

为了送行，为了驱寒，先得抱团取暖一下："中军置酒饮归客，胡琴琵琶与羌笛。"

大雪天送客，饮酒可能是最好的方式，热身加助兴。这一场送别活动也许是由岑参操办的，也许是中军还有专门的后勤人员操办的，总之，工作细致，活动安排结合了条件许可和地方特色，安排了边塞民族乐团来助兴。

"胡琴琵琶与羌笛"句并列三种乐器而不写音乐本身，好像有点笨拙，但仍能间接传达一种急管繁弦的场面，而且都是来自西域的乐器，容易引起"总是关山旧别情"的意味。这些边地音乐，对于行者，留下了最后的记忆，对于送者，未免触动乡愁，别有一番滋味。

这几句没有铺排饮酒奏乐相送的场景和过程，可能与岑参的身份有一定的关系。相信武判官也是达到了一定的级别，可以享受军乐送行的待遇，但毕竟不是一把手，所以没有铺排，只是简单地点出军乐有西域特色。

听着音乐，再看帐外，雪好像没有停下来的意思，而且越下越大了："纷纷暮雪下辕门，风掣红旗冻不翻。"

尽管风刮得挺猛，辕门上的红旗却一动也不动——它已被冰雪冻结了。这一生动而反常的细节再次传神地写出天气寒冷到残酷的地步。而那漫天白雪中的一块鲜红，在冷色基调上添上了一抹暖色，多少增加了一种抗寒的色彩，表达了寒冷中冻不死的军中热血。这是又一处精彩的细节，特点还是"奇"，如果没有亲身经历，很难写出来，接下来四句是收尾了，回到主题，写送行与牵挂：

轮台东门送君去，去时雪满天山路。
山回路转不见君，雪上空留马行处。

送客送到大路口，轮台东门需分手。尽管依依不舍，毕竟是分手的时候了。大雪封山，路可怎么走啊！但路难走也要走，军中都是钢铁男。

送战友，上征程，路漫漫，雪蒙蒙，当心夜半北风寒，一路多保重。眼见得峰回路转，眼见得行人已消失在雪地里，诗人还在深情地远眺目送。这最后的几句极其动人，留下一个出色的结尾。怅望着"雪上空留"的马蹄印，诗人在想什么？是为行者"长路关山何日尽"而发愁，还是为自己归期未卜而惆怅？结束处有悠悠不尽之情。

这个结尾也是有蓝本的，汉代古诗《步出城东门》有类似意境："步出城东门，遥望江南路。前日风雪中，故人从此去。"李白送孟浩然也留下了男人之间难舍难分的深情诗句："孤帆远影碧空尽，唯见长江天际流。"

这个结尾，寓情于景，将离愁别绪包含于叙事写景之中，获得了言有尽而意无穷的审美效果。同时，在风刀霜剑的边塞风中也保留了一些温柔的话语，刚柔并济，奇正相生。好诗！好诗！

六

我们以为边塞生活很紧张，很惊险，天天在讲故事，实际上，日常工作也很枯燥，很琐碎。有意思的是，在敦煌卷子里发现了岑参签过字的马料单子："岑判官马柒匹共食青麦三豆（斗）伍胜（升）付健儿陈金"。

据记载，整个唐代在新疆工作的姓岑的判官，就岑参一位，所以这是岑参签字的账单无疑。

岑参留下的这张签字的马料单，虽然不是诗词，不是奏章，但隔了千年，见到这张账单，历史一下子走近了。你甚至可以想象，岑参依靠着马镫，或骑在马背上，一挥而就签了个字，又翻身上马，朝着风雪弥漫的大山深处走去。

不知道是在冬天还是其他季节签署了这张单子，如果是在雪花大如席的冬天签署了这张军中文书，战士诗人是否戴了妻子编织的手套，想起来有伤感，也有温情。

诗歌中的男人，虽然远隔千年，但归来依然少年。

他的一生是成功的，因为他留下了不少精彩的诗句。

他两次出塞，写了七十多首边塞诗，是盛唐诗人中写边塞诗最多的，也是成就最突出的。

纵观岑参一生，或许只有边塞才是真正供他才华绽放的地方。

我热眼旁观

从唐代冬夜传来的最温暖的犬吠

一

《逢雪宿芙蓉山主人》是号为"五言长城"的唐代诗人刘长卿写的一首五言绝句。

这首诗写的是一个难以忘怀的生命打结的时刻：天寒地冻，日暮途穷，半夜寻宿，风雪弥漫、只觉得身心与世界都已全然冰冻，突然听得几声从柴门传来的犬吠，心情一下子就暖化了。

那是从唐代冬夜传来的最温暖、最动人的犬吠，这几声寒夜犬吠，世纪留声，温暖了天下无数的苦旅寒士，留下了千年前人犬情不了的记录。

现在的我们普遍以犬为宠物，但是元以后犬长期被污名化。"狗"族词汇众多，几乎都是贬义词。坊间以狗骂人越发流行（连比较文雅的"犬"字都不用），戏剧小说中"狗骂"随市井烟火气而升腾。元朝萧德祥的《杨氏女杀狗劝夫》第三折中，杨氏女一口气骂出了十一个"狗"字，都不带重样儿的，可以说是骂得酣畅淋漓，将"狗东西"骂到了巅峰，骂得天下之狗瑟瑟发抖。

其实，自古至今，狗是人类最忠实的伴侣。它善于理解人的肢体语言，懂得人的情感，与人沟通默契，一直是人类生活的重要伴侣。在传统农耕文化里，鸡犬还成了安定生活的典型象征，甚至很早就有人把鸡犬当作家庭成员，比如，"一人得道，鸡犬升天"，如果不是家里人，干嘛带着它们移民呢！

现代社会，饲养宠物犬的人越来越多，狗又回归人类家庭成员的地位，不少狗还有自己的名字，至于姓，就随了"爸"或"妈"吧，一点不算冒犯。青年人还喜欢自命为"狗"，如单身青年美其名曰"单身狗"；加班到深夜，拍下照片，发到朋友圈里，这都是"加班狗"；男女秀恩爱叫"撒狗粮"。

犬被污名化和被正名的过程，就是中国人生活越来越富有，越来越文明的历史。

二

我们绕了这一圈，铺垫了许多，为的是向你隆重介绍来自唐代大历年间的一条中华田园犬。

同时告诉你，在唐代，"犬"还是人类挚友，所以，唐人听到的犬吠不同于元人听到的，诗人刘长卿风雪夜听到的犬吠，就是黑暗中的油灯，就是厨房的腾腾热气，是生命虚脱时刻一声温暖的 Hello 和 Welcome。

犬在柴门里，你在柴门外，那一刻，是行将冻僵的诗人最贴近生命跃动的距离，他的眼角湿润了，热热的。

这几声犬吠是如此美好动人，它是人间烟火气，它是无差别无等级的关爱，它的关键信息是："别怕，我在这儿。"这几声犬吠折叠在这首唐诗里，与唐诗一道存留。

千年之后，我们依然可以用目光点击字符，一遍遍重新点播这条唐诗好声音，尤其是在你感觉到冷的时候。

刘长卿的诗擅长描写荒村水乡之寂寞冷清，多写幽寒孤苦之境，但这首诗有温度。

这首诗写大冷天赶路投宿，适逢风雪交加，那个冬夜寒气极重，寒冷到让人怀疑人生。

前不见村，后不着店，路途艰难，筋疲力尽，大半夜才走近苍山白屋。似乎有了希望，但在逐步接近今夜借宿处的时候，还有诸多担心，主人是否在家，主人是否容我，屋中可有热水和少许食物？这时候突然听到柴门传来的犬吠，悬着的心放下了，至少"白屋"里有人有犬，温暖之感油然升起，这温暖来自那风雪天茅屋中传来的几声犬吠。

　　　　日暮苍山远，天寒白屋贫。
　　　　柴门闻犬吠，风雪夜归人。

这首诗非常简练，只是给出画面，活动的时间和节奏都包含在画面的递进中，心情与感想更就只能从言外之意中体会了。这首诗中的"归人"到底是谁,是主人,还是诗人?或者另有他人?诗本身提供的信息不够完整清晰,有不同的解释。但有一个中心情节是清晰的,那就是诗人一辈子忘不了这个风雪之夜白屋柴门内传来的几声温暖犬吠。

三

因为无法界定主人到底是谁,只能排列几种剧情于下供读者选择推理:

剧情一

诗人与芙蓉山主人相识,冬日羁旅,打算到芙蓉山庄(可能算不上山庄,也就是毛坯"白屋"一处)借宿。薄暮时分,见远处山岭间有白屋数间,冻得都快收缩起来了,远看就知道是个寒酸民居,但天寒地冻、旅途劳顿强化了急于投宿的心情。

心知远处依然贫寒,但大雪天,有个打尖的地方就很好了。冲风冒雪,归宿心切,最担心的是主人是否在家,能否接纳行人住一宿。

白屋看上去不远,但翻山越岭,走了小半夜才走到跟前,听到柴门里传来几声犬吠,大喜过望,一下子暖和起来,魂兮归来乎,今夜的生命终于找到了落脚点。

那种庆幸,那种感恩令人终生难忘,因此写下了这首诗来纪念此生中听过的最温暖的狗叫声。

剧情二

前两句写诗人自己在寒冬中寻找归宿的过程。白屋在苍山上显得孤单，寒气加重了贫穷的印象，但冬天里有个茅屋遮风避雪，比蜷缩荒郊或风雪土地庙强多了，诗人庆幸在风雪夜找到了安顿处。

接下来两句，可以理解为，半夜时分，听到犬吠，猜想是又一位饱尝行路难的路人来到了这个生活的驿站，诗人为之庆幸，也感恩主人之慷慨大度，有孟尝君之风。这寒冬时节屋子里的一盏灯，灶膛里的一把火，三两声的犬吠，给行人多少安慰啊，这是绝旅中的希望，是救命的恩典啊。

一壶热水喜相逢，旅途多少苦，都在笑谈中。诗人完全懂得行人听到雪夜犬吠，心头漾起暖意的那种惊喜。清代黄叔灿在《唐诗笺注》中也说过："上二句孤寂况味，犬吠人归，若惊若喜，景色入妙。"

白屋的主人可能是一位贫下中农，连富农都算不上，但是他的这处白屋却给了很多行人以救命的温暖，这白屋也许是他专门用来为行客提供援助的，他就是芙蓉山大写的"主人"。为此，诗人要在诗题中专门立传，称他为"芙蓉山主人"。

唐代曾经历过小冰河时期，那种寒冷在御寒条件不足的年代，是要人命的。孟郊有《寒地百姓吟》："无火炙地眠，半夜皆立号。冷箭何处来,辣针风骚骚。霜吹破四壁,苦痛不可逃。"寒冷的画面实在是触目惊心,穷人半夜冻得爬起来站着哀号,冷风像针尖似的扎人,在极度寒冷中,穷人羡慕那个飞蛾,因为飞蛾就是死也是绕着灯烛飞时暖和死的。

所以,在风雪奇寒、生命似乎被冻住的时候,听到了近处传来的几声犬吠,这"白屋柴门闻犬吠"的情景比"白云深处有人家"的仙风道骨要实在很多、温暖许多,诗人记住了这动人的一刻,并把它写进了诗里。

剧情三

这首诗,读者还可以有别样的解读。曾经听我的先辈说过类似的经历:有一位穷诗人,因为日子实在过不下去,看到嗷嗷待哺的孩子,想到朋友或亲戚处暂借三五升粮食,但近处的亲朋邻居都已经借遍了,实在开不了口,只能到远处山里试一试。虽然山里的亲朋也未必富裕,但人总是有到远处寻求一丝希望的本能。

这位穷诗人在冬夜里赶到朋友之处,雪夜中听到一声犬吠,知道有人在家。这狗吠,就是光,就是希望,是世界上最温暖的声音。诗人刘长卿在自己被贬谪的境遇中加深了对穷人困窘的理解,半夜睡不着,听闻柴门犬吠,设想是有一位穷诗人来找芙蓉山主人了,有感而写了这首诗。

这首诗让我们感动,也激发了我们的怜悯与善心。穷人的日子,说来都是泪。穷人也得活下去,这是造物主为生命设定的动因，活下去，再找一点温暖，找一点诗意。

四

这首诗的每一句都采用了相似的结构，开头二字设置背景，后面三个字展开情节描写，如果把每一句的前面两个字截取下来，那就是一首现代派意象诗：

日暮，天寒，柴门，风雪。

如果把每句后面三个字截取下来，那也可以是民间武侠夜行图：

苍山远，白屋贫，闻犬吠，夜归人。

但将背景和故事合起来，1＋1就大于2，故事内容就更丰富，感情就更深厚。比如，第一句在"苍山远"前先写"日暮"，第二句则在"白屋贫"前先写"天寒"，都有加重诗句分量的作用，突出了"贫"而"远"的山居生活之苦寒。"闻犬吠"之前用"柴门"来界定，就放松，不是朱门豪宅，不是高墙深院，守护的一定不是恶犬；"夜归人"之前加上"风雪"，你仿佛感觉到了，一掀开帘子，风雪随之扑进来，随手关上门扉，一股暖流涌过来，人生啊人生，都在一个破屋子的暖意中。

世间所有美好事物都是有缺陷的

一

李商隐的一生是矛盾的一生。他的诗作在唐代属于异类：他就是个意识流先锋派诗人，不接地气，他的诗几乎无人可解。虽然不可解，但他的诗依然迷人，对现实充满关怀的白居易就对他这些不食人间烟火的诗歌佩服得五体投地，甚至想做他的晚辈后生，很多文人也都一厢情愿地想做李义山诗的"解人"。

李商隐的一生是被造化捉弄的一生，是感情上不断自苦又无法解脱最终以自苦为职业的一生。

他天资聪颖，文思锐敏，早年遇上好东家令狐楚，又赶上令狐楚儿子令狐绹主持科考，李商隐二十出头就考中进士，命运给了他进入宝山的密码。

但是，命运又很快修改了密码，他被卷入"牛李党争"的怪圈，陷入"迷路"和"失语"状态，到处都是不如意，到处是鬼打墙。

中年丧妻，有心恋爱，但情人又是"冷艳"款，是大哥的女人,是可望不可即的对象。"红楼隔雨相望冷""相见时难别亦难",情感热烈,却不能大鸣大放,只能写"藏头"诗来表白,含蓄到无人能理解。

回顾人生,充满了迷惑与悲凉,在接近五十岁的时候献给亡妻、献给情人,或献给自己的这首《锦瑟》诗,一点都不豪迈、不潇洒,类似于一篇悼词:生命是一袭华美的袍,爬满了蚤子。

这首诗是李商隐诗歌的代表作,可能是听人弹奏古瑟有感,或独自拂去古瑟之尘埃,触碰出暗哑的瑟音,由此浮想联翩,想到"断弦"之妻,想到情感之无处寄托,想到个体沧桑,诗人就把这些心绪用诗的语言记录下来,将音乐形象转化成了视觉形象,并用一些接近内心感受的典故来装饰诗境,以朦胧的语境来传达其曲折幽深的情思。

但这首诗有比较明确的意象流动的线索,就是由实向虚,意象纷至沓来,又逐步远去,并由朦胧而走向"茫然",最终不知所终,眼前和脑中一片虚白,甚至可以看作诗人自我实践的一次情感和人生的"极限体验"。

二

以下我来逐句逐联解析。

锦瑟无端五十弦,一弦一柱思华年。

"无端"之叹，感慨深广，感情的发起没有由来，无从解说；剪不断，理还乱，心事混茫延绵，没有尽头，没有方向；"无端"而有"万端"，多歧路而没有路。

"无端"开头，感叹得重，感叹得深，因为是无端发兴，自己也不知道感叹从何而来，因此触摸处都有感叹和迷茫。清代扫叶山人薛雪《一瓢诗话》云："此诗全在起句'无端'二字，通体妙处，俱从此出。"

"瑟"是一种弹拨类乐器，有二十五根弦，据说最初的时候它有五十根弦。这么多琴弦，一般的音乐人是张罗不过来的，所以，上古时候，泰帝命"素女"弹琴。

这个素女不是个人，而是类似于希腊神话中弹奏竖琴的悲情男神俄尔普斯，具有卓越的悲剧表演天才，把曲调弹得悲悲戚戚，令人闻之落泪。

估计泰帝也是个江山已经坐稳的有趣老头儿，都这把年纪了，不想听悲伤的音乐，就命人将瑟一分为二，从此，瑟就只有二十五弦了。

三

李商隐写这首诗，为自己的一生谱个曲，用锦瑟来象征，有古意，合身份。古瑟还自带悲情，与李商隐这样的诗人天然通感共鸣。

无法弄清李商隐当时见到的瑟是二十五弦的大众瑟,还是古董店淘来的五十弦之古瑟,一般认为,取五十弦之瑟命意,是以此比喻五十岁。

对于古代人来说,"五十而知天命",这是与生命和解的年龄了。死生有命,由天来定,到了五十岁,除了帝王,不再有豪气向天再要五百年。这种接受天命的意识帮助中国人减少了很多恐惧。那个时代的老人,乐天知命,对生命的预期并不高,到了五十岁还活着就够本了,以后的日子都是赚来的。再往后,别人说什么都不生气,听什么都乐意,所以叫作"耳顺"(六十岁)。如果能活到七十岁,那就差不多是地仙了,增加了无数见识,看透了世界,没有什么能让我生气,连广场舞的噪音都可以当作按摩音乐,所以,这种状态叫作"从心所欲而不逾矩",给个官位都不换。

按照现代人看来,四十多岁才进入华年,但对于李商隐,垂垂老矣,只能忆华年了。

庄生晓梦迷蝴蝶,望帝春心托杜鹃。

这两句诗用了两个典故,通过两个典故以及相关的联想,暗示了他凄迷哀伤的心境。典故的运用比较曲里拐弯,需要掰开来讲解。

先说"庄生晓梦迷蝴蝶"。庄子《齐物论》中曾记载了这样一个故事：有天晚上，庄子做了一个梦，梦中的他成了一只翩翩飞舞、自由自在的蝴蝶。因为这个梦太真实，所以醒来后的庄子不明白到底是自己变成了蝴蝶，还是蝴蝶变成了自己？诗人常用这个典故来抒发人生虚幻、物我皆空的感慨。

庄生迷蝴蝶，是人生思考的"大端"，庄生大梦醒来，怀疑自我，怀疑人生，怀疑现实，甚至天才地提出人与蝴蝶谁是主体这样一个"庄周猜想"。

四

庄生的思考加深了中国哲学的深度，因为有庄子，中国古典思考不仅仅是神话与志怪，不再是诗意弥漫而不知究竟。庄子要有深度地探究人的本体特征，就要弄个水落石出。

庄子的这种思考，未必不是人类最早的相对论表述，也就是对我们所处时空并非唯一存在的天才表述：在此时空，我是人类，也许在另一个时空，我就是蝶类，人与蝴蝶，可以互动甚至互换。

庄子的思路完全是超前的，这就是战国时代中国式量子思考中测不准原理的案例分析。

这种大思考，对于诗人来说，只能浅尝辄止，只能用来做典故，估计李商隐没有庄子思考得深入。但哪怕是用为典故，加了这种有哲学深度的典故，诗句的味道就不一样了，加深了诗意后面对人生迷茫之叹喟的深度。

"望帝春心托杜鹃"这一句则是借用传说中的悲情故事来烘托自己的悲哀。这个典故中的人物形象比较复杂,如果加上民间故事的不同版本,故事的起伏犹如古籍装帧中的蝴蝶装,转折很多,一般人都没有耐心听这位退位的酋长一边流泪(乃至于流血)一边辩白自己的高尚和卑下。

据说,望帝杜宇是周朝末年蜀地的君主,本是个深受人民爱戴的明君,可是后来蜀地爆发了一场洪水,在他一筹莫展之际,一个名为"鳖灵"的男子带领人民疏通洪水,还蜀地一片安宁。望帝见鳖灵才干高于自己,便学习上古圣人尧将帝位禅让给鳖灵。鳖灵继位,是为"丛帝",估计这位新酋长还是艰苦朴素地住在灌木丛附近,所以叫作"丛帝",而望帝则退居西山。

原本这场禅让是一桩美谈,可是后来不知怎的竟流传出不同版本的故事,说望帝和鳖灵的妻子私通,望帝出于愧疚才让出帝位。《华阳国志·蜀志》《蜀王本纪》《太平寰宇记》对此的记载各有不同,这到底是民间八卦,还是真有其事,我们老百姓只有吃瓜的分。

望帝本就上了年纪,听了流言后,羞愧难当,一病不起,没多久便含恨而逝。(这么有羞耻心的人,当时又是怎么做出"含羞"之事呢?一念之差啊!在"诱惑"面前缺少定力,不能自律,对不起蜀国人民,可惜!)传闻他死后,魂魄不愿离开蜀地,便化为鸟,日日哀鸣。(如此眷恋故国,又是个爱国爱乡之人;却把持不住男女之情,可见人性充满矛盾。)而蜀地的人民为了纪念他,便将这种鸟命名为"杜鹃"。这个故事可以写成一部长篇小说,不但故事曲折,人物性格也很丰满。

诗词用典都是取其大意,用之既久,剔除太多的八卦,保留主干,"望帝啼鹃"的故事便成了哀怨悲伤的代名词。

这个典故,很遥远,比较异类,是稀缺的文化读本,而且结合了很多说不清道不明的小道消息,至今无法给予价值判断。

比如,望帝是好人还是坏人?他与英雄的妻子私通,是真是假?他还有羞愧之反省,又化作杜鹃啼血,这是悲哀还是后悔?对望帝,应该同情还是谴责?这个典故用在这里的含意,其实不必深究,也无法深究,只是说明诗人内心的悲哀,尽是想到一些苦情故事。如果再深入一步推论,可能是诗人有意用这样的道德价值判断不确定的典故来"混淆黑白""指鹿为马",也以此表明自己在人世间混得不人不鬼,自己都说不清自己是什么。正因为连自己都无法定位,活得就更加迷茫了,只有"人生啊人生"这样的感叹了。

五

诗的颈联对仗工稳:

沧海月明珠有泪,蓝田日暖玉生烟。

这两句诗,有海景有山色,从字面的联想来看,内容比较接近的对仗体文句是"石韫玉而山辉,水怀珠而川媚"①。陆机的文句写山水天然含有"珠""玉",而且争辉"献媚",也是人类心情大好的表现,与当时逐步兴起的对南方美景的大发现是一致的。

陆机以山水自带珠玉来比喻文人腹藏珠玑,李商隐的诗句虽本于此,但审美方向完全不同,诗人写山水"异象",虽成美景,又糅合了悲伤的传说故事,以此表达所见所思皆成伤感。

"沧海月明珠有泪"这一句包含了双重典故:据说,每当月明夜静,天涯沧海,有珠蚌向月张开,汲取明月之辉,以养其珠。这么看来,我们的养生文化来自大海,非常古老;另一典故是,南海鲛人(美人鱼)善于纺织,但可能孤独加上工作强度太大,常常独自流泪,流泪的时间也不能浪费,泪滴颗颗成珠。

中外都有谚语感叹,诗歌以及美好的感情和珍珠一样,原来都是悲伤的结晶,需要天地灵气、日月精华的护养。一句诗包含如此丰富的内涵、奇丽的联想,犹如织锦,"密"而"丽"也,但也因此而很难索解。

"蓝田日暖玉生烟"也是一个温暖美好最终落于悲伤的场景。名山藏玉,但不显山不露水,只有在日光下升起淡淡的青烟,远远望去令人心醉神迷。

---

① 见晋代文学家陆机的《文赋》。

古人认为宝物都有一般常人看不见的"暗光",甚至可以辐射到星空,如"物华天宝,龙光射牛斗之墟",那样,两把古剑,剑气冲天。山中美玉亦有精气,但唯有识之士可远望烟气而识之。总之,世间精华都是深藏不露的,需要有缘人来发现。

无论是沧海珠泪还是蓝田暖烟,都是一种如烟如幻、转瞬即逝的意象,所有的华贵都与悲伤相连,所有的美好都难以持久。沧海鲛泪,是阔大的寂寥;蓝田日暖,是温暖而朦胧的悲欣交加。这些意象合成一种情绪,美好,但充满伤感。

这一联的画面用的是冷热融合的格调,是李商隐常用的一种审美手法,如《春雨》有句云:"红楼隔雨相望冷,珠箔飘灯独自归。""红楼"是暖色调,但被笼罩在凄冷的夜雨中;"珠箔"华贵典丽,有精致的"微暖"内涵,"飘灯独自归"的意象又包含凄冷。这首《锦瑟》也是这样的结构,上句"沧海月明珠有泪",冷清,下面就补一句暖色调,"蓝田日暖玉生烟"。诗人常常感到这个世界太冷,所以下笔避不开寒意,但内心又是"敢遣春温上笔端",有意寻找着来自天地的温暖,由此形成冷暖交流的"打摆子"审美范式,形成诗的斑斓之美。这种不确定的审美和对前景冷热交替的感受,也是李商隐人生态度之写照。

六

这首诗的尾联是:"此情可待成追忆,只是当时已惘然。"

人生是一个过程，除了物质性的存在，我们的记忆是感受和经验的积累，所有的往事都是曾经发生过的，但未必可以成为清晰的经验存留在我们的记忆中。再次翻检这些往事，大都已漫漶不清，惘然若失，再一想，只怕当时的感受也是"此中有真意，欲辨已忘言"。

这两句诗中的连接词古今"微殊"，如果纯粹以现代汉语的含义来理解，就可能理解不了那个"点"，也就是说不清诗人希望表达的那种情绪。

"可待"，不是"可以等到"，而是"岂需等到""何必等到"？"只是"不是表达转折，意思等于"就在""也就是"。两句诗的含义是：这种情感体验何须等到追忆往事时才能发现，就在当年的情景现场我就已经体会到一切都是惘然。我天生就是人生怀疑论者，看透了世事，知道情感是负累，人生是过程，黯然于好梦必醒，盛筵必散。登场而预有下场之感，热闹中早含萧索矣。

这首诗人人叫好，却无人自夸能真正读懂。让李商隐怅惘的到底是什么，这个问题困扰了世人几千年，也许只有他自己知道了。

全诗以比兴和联想等手法，引用了大量的典故，创造出了一种朦胧凄迷的意境，表达了诗人怅惘、无奈的思想感情。所以，这就是意识流诗歌。

李商隐诗歌的指向常常不明不白，因为有些事情他不想说明白，或者不可以说明白。

七

李商隐是一个多情才子，偏偏选择的多是苦情戏。据小道消息称，李商隐这首诗就是写给令狐家一个名为"锦瑟"的侍女的。这种感情隐藏于内心，难以平息，只能以某种暧昧的诗语说出。

也有一部分人认为这是一首悼亡诗，是李商隐为亡妻王氏所作。古代有"琴瑟和鸣"的说法，而王氏的离开不就相当于"弦断"吗？所以"悼亡诗"这个说法也有很多支持者。

另外，还有以"适怨清和"四字来解读诗境、回归音乐主题。另外，还有"自伤生平"说、"政治寄托"说等。

其实，我们可以泛泛解读，不必胶柱鼓瑟，李商隐表达的是一种情绪，一种追忆，一种说不清道不明的忏悔，一种没来由的对缺陷美的体验。

万物都是有缺陷的，缺陷背后也有美丽，犹如珍珠是鲛人眼泪的凝结。李商隐诗歌表现了弱者天生的善感、伤感和对天地万物的同情，保留了对缺陷的接纳和审美，这首诗就是对人生缺憾的伤情和审美。

"沧海月明珠有泪，蓝田日暖玉生烟"，我们有这么美丽的诗句，要为此感到幸运。即使它不易懂，朦胧不解，但依然是曾有的人类思维和情感的蚌珠结晶。

忧郁镜像中的美丽夕阳

一

在多数人的印象里,李商隐的诗含蓄朦胧,晦涩难解,但这首诗,一反常态,语言简易脱俗,真情自然流露:今日黄昏郊游登高,没能开心,反倒忧伤了,因为落日很美丽,美得让人想哭。

乐游原,看名字就知道是游览胜地,而且属于公共游览区。此地可以举杯,可以散心,可以打太极,可以吼"秦腔",还可以组织团建活动。

因为地理位置高爽,便于览胜,"晴空一鹤排云上,便引诗情到碧霄",文人墨客也经常来此作诗抒怀,并留下了许多佳作。

李商隐这首《登乐游原》和传为李白所作的《忆秦娥·箫声咽》,就是歌咏乐游原的双璧。

李商隐生活的时代,大唐已经走向没落,走向黄昏。诗人再来乐游原寻欢,已无法作乐,也就是强打精神,为图清欢拼一醉了。乐游原成了大唐最后的"失乐园"。登高,是找哭来了。

我们先逐句赏析这首诗。

> 向晚意不适,驱车登古原。

诗人一开始就推出的"向晚"二字,既是时间规定,也是心境象征,然后长吁一口,直接道出自己意有"不适":该死的,又上头了,这摆不脱的黄昏忧郁症。

"不适"用词很典雅,很文人,有点像英文的"I am not well",有贵族气,有克制,有忍让,只是略略皱着眉头对仆从低声叹道:今天稍有不适,你去忙你的,我出去走一走即可。从"不适"这两个字,就可看出诗人的教养和说话的分寸感。

二

李商隐"意不适"者太多了。

幸福的诗人都是一样的,众星拱月,诗酒唱和,大爷来打赏,粉丝求签名,写诗的感觉真好;不幸的诗人各有各的不幸,李商隐的不幸是陷入了晚唐特有的党争之中。

一个想进步的古代诗人,如果与权贵没有任何交集,自然是求告无路,但一旦被势均力敌的政要双方都看上,也未必是好事。李商隐长期处于牛李党争的夹缝之中,自己觉得特委屈,还被说成忘恩负义之人，被人排挤，为此潦倒终身。李商隐二十六岁就进士及第，但一生只做过县尉、秘书郎和节度使判官，对于一个有理想、求上进的诗人，这样的官职也就是鸡肋一枚、啤酒一瓶，连买个醉都不够。

屋漏又逢连夜雨，他的不幸不仅仅来自党争，还与情感有关，包括说不清道不明的女人缘。为此，寂寞了，伤心了，还无处可说，诗人心有郁闷，还不好说，就成了"郁积"二字。

李商隐长期深陷"非正常恋爱"，他也不想人设崩塌，只能以华丽的锦袍掩盖内在的破碎，用古锈斑驳的锦瑟来弹奏漫漶不清的人生乐章。

李商隐只活了四十五岁（约813—约858），生命脆弱，可以想见，病怏怏的身体，书房里弥漫着中药香，每天都是写"伤感诗"的心情。潇湘馆里的林黛玉虽然不喜欢李义山性情上的不清不楚，但还是真心喜欢他的诗，特别喜欢的是"留得残荷听雨声"那个句子，隔代同悲哀，心心相印啊。

诗人的那种"不适"似乎非常强烈，以致无法静中独处，无法小径徘徊，而要到一个更开阔的地方去排遣，他才能暂时纾解抑郁，释放自己。因此，他要出去散散心，这就有了驱车登古原的补叙。

看来，开着车出去兜兜风、散散心，古代已经有了。

三

古人比较喜欢"无病呻吟",唐代韩愈《荆潭唱和诗序》中就有"欢愉之辞难工,而穷苦之言易好也"的文艺理论名句。"悲伤出诗人"虽然不是非常积极,但比起西方"愤怒出诗人",那是文明档次的差别。从这里也可以看出,我们中国人强调"内功",不高兴的时候也就是自己跟自己较劲,很少有打砸抢的举动或在别人家的墙上涂鸦来发泄愤怒。

"失意"和"诗意"在古代文人那里是最常用的谐音梗。

要寻找诗意的悲伤,古代诗人有个常用的法门,就是登高,古人一登高立马就能找到忧愁,好像忧愁总是藏在远方的迷茫处,李商隐傍晚时分来登高,明显是找愁来了。

接下来两句好像纯粹是写景,但其中包含的深沉感叹打动了无数诗人、文人,大凡有小学文化的老百姓都会说,隔壁老李写的这两句诗才叫诗:

夕阳无限好,只是近黄昏。

余晖夕照,晚霞满天,美得绝顶凄凉,美得伤心不起。诗人将时代没落之感,家国沉沦之痛,身世迟暮之悲,一起熔铸于黄昏夕照下的景物画面中。

"无限好"是对夕阳"伤心丽"景象的热烈赞美，然而，"只是"二字，笔锋一转，转到深深的哀伤之中，表达了诗人无力挽留美好事物的深长慨叹。

这两句是深含哲理的千古名言，蕴含了这样一个意旨：好东西都不坚固，好东西都难长久，一如暮春繁花最盛，却容易衰落，琉璃器皿精致，却容易破碎。这两句，抵得上《红楼梦》中的一篇《好了歌注》。

放在今天，这种引起文人无限伤感的说不明的"物理"，科学家可以不动感情地告诉你，这就是"熵增"。在我们所处的时空中，任何好东西都会从有序走向无序，从完美走向破败。

四

这首诗很短，但意蕴很丰富，语言属于既明明白白，又话里有话的一种风格。那么，这首诗到底是"欢乐颂"还是"伤魂曲"，古代解诗者有完全不同的理解。

李商隐有一种对黄昏的偏爱，他有意沉溺于悲哀的体验，孤芳自赏，在悲苦的体验中获得审美和精神愉悦。这种伤感的体验，历史悠久，中国古代文人一直在夕阳中寻找着一种带着伤感式心灵的静谧，为自己专门打造一种凄凉后院式精神家园。

黄昏是容易动感情的时间点。古代文人有很强的生命无常的感叹，越是有文化，越是敏感。

这种夕阳情结,可以追溯到人类站立之初。遥想古人在山洞前,看着夕阳在远方的丛林中落下,莫名的伤感升起,黑暗就要来啦,狼嚎就要起来了,那种感伤留在了人类的 DNA 中,那伤感的一刻,山顶洞人中就产生了第一位诗人。人类无法改变命运,无法改变时间,牛顿力学认为,时间是一维的,如开弓之箭,无法回头。

这种对夕阳的依恋已经融入我们的灵魂中,因为混合着不同的感情,从而丰富到说不清楚,所以陶渊明在《饮酒》中写道:"山气日夕佳,飞鸟相与还。此中有真意,欲辨已忘言。"

李商隐年纪还不大,但心情已经老了,已经进入人生的黄昏。黄昏让人宁静,但黄昏更让人伤感。《岘佣说诗》评"夕阳无限好"这两句:"叹老之意极矣,然只说夕阳,并不说自己,所以为妙。"

另外,安史之乱以后,时代由盛转衰,社会整体情感已经有巨大转折,敏感的诗人不可能没感受到时代的黄昏意绪,即使身在乐游原,登高远望,所见也无非一片衰飒。《唐诗品汇》引杨万里评论:"此诗忧唐祚将衰也。"

其实,即使在唐代,也有不少夕阳审美正能量诗句。如王之涣的《登鹳雀楼》:"白日依山尽,黄河入海流。欲穷千里目,更上一层楼。"夕阳下的美景,激起的是更上层楼的愿望。即使是李商隐同时代的人也有"看好"黄昏的,如郑谷《夕阳》:"夕阳秋更好,敛敛蕙兰中。极浦明残雨,长天急远鸿。僧窗留半榻,渔舸透疏篷。莫恨清光尽,寒蟾即照空。"刘禹锡也有诗句云:"莫道桑榆晚,为霞尚满天。"这与时代有关,也与个性有关,但都是中国古典诗歌的精品。

让我们一起去看夕阳吧,可以欢笑,也可以痛痛快快地流一场泪,洗尽忧伤,再看星光,期待着第二天新的太阳。

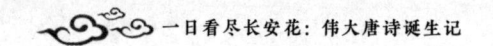

最忆是江南,中国人延续千年的偏爱

一

江南是中华地理中最有韵味、最有情思的地方,你看江南民居的那一方天井,有天光云影陪伴着悠长的日子,而老屋子边上的垂柳池塘倒映的是中国文人心中拂不去的乡愁。

唐代诗人白居易青年时期曾漫游江南,又先后担任过杭州刺史、苏州刺史,对江南之美有着深切的体会和割舍不断的记忆,晚年在洛阳定居时,依然忘不了江南景致,写下了《忆江南》三首,最著名的是第一首:

江南好,风景旧曾谙。日出江花红胜火,春来江水绿如蓝。能不忆江南?

这首诗的语言通俗易懂,朗朗上口,但有一些字词的理解与现代汉语还是有些"微殊"的。比如开头一句"江南好"的"好"字用的就是古意。

"好"由"女""子"二字构成，本意专指女子之美，也就是好看、美丽、漂亮。唐代有个女子叫张好好，十分美丽，擅长歌舞，杜牧把她安排到"乐籍"中，也就是专业歌舞团中。

这里的"好好"与后代的"好好先生"不是一回事，这里的"好好"是"美美"或"丽丽"女士的意思。更早的例证还有《乐府诗集·陌上桑》的诗句："秦氏有好女，自名为罗敷。"

这两句诗的意思是，姓秦的人家有个美女，自己取了个名字叫作"罗敷"。"罗敷"是当时流行的新潮女性名字，秦家这个女孩不但漂亮，而且很有个性，自作主张，把名字改了，叫作"罗敷"，当时人一听就知道这是个时髦女郎、个性女孩。

现代汉语还保留了"好"的这种用法，比如"大好河山"，意思就是美丽河山。由于古人往往将人的品貌与德行挂钩，即所谓相由心生，因此，好看的人往往被视为正面人物，也就是好人，比如，传统戏剧里，好人一般都是相貌堂堂或美丽大方。所以，"好"字逐步由"相貌美"演变为"人品好"的评语，今天的"好"，大多指德行之美。

"风景旧曾谙"的"谙"字现在很少单用，但在古汉语里是个常用字：谙解，谙知，谙记，熟谙，晓谙，深谙等。这里用"谙"字，说明江南风景之"好"，诗人不是听人说的，而是亲身感受到的、反复体验过的，自己对江南的美好是非常熟谙的，因而在记忆里留下了难忘的印象。

这首词主要是整体回忆江南自然风光之"好"，后面两首分

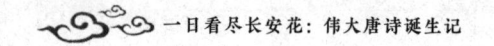

别回忆苏杭两地的人文美景。那么这第一首诗,是如何宏观描写江南的自然美景的呢?他抓住了最鲜亮、动态的美景:

> 日出江花红胜火,春来江水绿如蓝。

诗人突出江南美景的精华所在,用浓墨重彩来描写最热烈的江南春天。

江南所有的美都与水的滋润有关,春来江水,代表着生命的复兴和涌动,那比蓝草还深厚的绿色是生命在春天江水中的融合和深潜。还有日出江花,如火如荼,华彩乐章,高潮迭起,美到耀眼,美到炸裂。

能不忆江南?

结尾以问作答,直抒胸臆。

二

这首诗也为后人对江南地域的界定留下了一个标本,因为早期提到的江南并非今日之江南,长江以南中下游的大片领域,包括湖北等地,都可以称为江南。但随着北方政权和精英人士逐步迁徙到现今的江浙一带,以苏杭为代表的地区逐步被认定为江南所在。这三首词就是江南新地标的诗化说明。

说不尽的江南美除了山水自然美,还有人文美、市井美、生活美。江南是一个来了就不想走、走了还会想念的地方。唐五代韦庄有一首《菩萨蛮》词,也是写江南美,写异乡人在江南缱绻缠绵的情思:

> 人人尽说江南好,游人只合江南老。春水碧于天,画船听雨眠。垆边人似月,皓腕凝霜雪。未老莫还乡,还乡须断肠。

韦庄是异乡人,在动荡不安的时代,流落到江南。一般认为这首词写的是江南好但抒发的是忘不了家乡又回不了家乡的悲哀。

结尾两句写:家乡依然动荡,暂且逗留,未老莫还,因为回到家乡见到满目疮痍的乡土也会伤感断肠。

我认为这种解读过于曲折,这首词贯穿前后的都是写江南之美,这两句未尝不可以理解为,已认江南作家乡,未老莫还乡,若离开江南返回故乡,也会断肠思念。

撇开对这首词"主题思想"的不同解读,我更欣赏的是这首词"春水碧于天,画船听雨眠"的绝美意象,上一句是自然美景,下一句是人文美景。画船,代表的是江南富庶之美。

江南水乡,以舟代步,画船是有内涵的物象,不仅是交通工具,也是文人雅士、歌姬妙人聚会的场所,可以乘舟看风景,也可以成为别人眼里的河上风景。但"画船"和"画舫"又不一样①，画舫商业性太强，而"画船"就有品位，就轻盈，就有热闹中的孤独，不是满船红袖，而是青青子衿。

可以邀一二知己，焚香、喝茶、听琵琶、看碧玉春水、想独门心思。春雨洒在河上，远处柳丝招摇，在清亮的琵琶声中，诗人可以吟诗作赋，可以倾诉衷肠，也可以出神、发呆、微醺、白日睡大觉，一直睡到半夜，"醉后不知天在水，满船清梦压星河"，而这一切都叠印在带有江南背景的记忆深处。

至于诗人记忆最深的这次"画船听雨眠"的密友是谁，也可能就是下篇开头两句记录的人物："垆边人似月，皓腕凝霜雪。"是一位市井知己、炉边"三娘"，因为与江南"三娘"已经有深度情感联系，所以，"未老莫还乡，还乡须断肠"。

三

除了以上两首诗词，还有唐皇甫松写的《梦江南》，情调迷离朦胧，更具有文艺范儿："兰烬落，屏上暗红蕉。闲梦江南梅熟日，夜船吹笛雨萧萧。人语驿边桥。"

白居易、韦庄都是外乡人写江南好，而皇甫松是睦州新安（今浙江淳安县）人，是地地道道的江南人。这首词，写的是对

---

① 有一种解释说"舫"是小船，据《说文解字》，为两艘小船并联后的船体，也就是双船体。由于舫的航行速度较慢但相对平稳，贵族或商人往往把舫加以装饰作为娱乐之用，称为画舫。所以，画舫应当更大，可以接待更多的游客。

江南、对家乡的思念。

这首词虽属于短词小令,但曲折有致。前二句写室内夜景,"兰烬落,屏上暗红蕉"。夜已深,灯花已残,暗淡了屏风上的美人蕉,画面斑驳,该是入梦的时候了。"闲梦江南梅熟日,夜船吹笛雨萧萧,人语驿边桥"。词人梦境离不开江南,离不开江南的雨水,离不开"梅子熟"时那个如梦如幻的夜晚:江南之夜,雨丝如织,水上有夜行船,悠扬笛声贴着水面传过来,那该是风雅的聚会和有情人的聚会。与此形成对比的是,那一晚,也是我与家人或朋友在驿站边的江南小桥上作揖分手的时候,梦中依然有软软絮语,只是记不清说的是什么。梦中一切依稀难辨,到底是我行船听笛还是我在桥上听笛,是我驿站分手,还是他人驿站分手,梦中都记不清了,也无须分清,江南的美总是如梦如幻,如江南的雨,把江南所有的景致都漫漶成了一片。

雨帘下的小舟是朦胧的,雨帘下的驿站是朦胧的,雨帘下的拱桥是朦胧的,舟中人、驿站人、桥上人,雨滴声、玉笛声、叮咛语,这一切连同雨帘和夜幕,又隐没在梦中。朦胧迷离,是今夜的江南今夜的梦。

这首词创制了"夜船吹笛"的江南新意象,增添了江南意象美的画面,而这一点是非常有价值的。中国文化如此博大,都是文化人的创造与坚守、日积月累的结果。大浪淘沙,千年选择,要留下一个词语,一个典故,一个意象都不容易,能留下一个人人心中有、个个笔下无,有广泛共鸣的意象,就是对中国文化很大的贡献。

志在兼济，行则独善

既悲且壮的大唐军歌最强音

一

边塞诗在盛唐成为一个专门的题材,这是唐代特有的现象。边塞诗包括边塞战争与边塞风光,都与"拓边"有关。

唐以后,如宋代,也有边塞题材的诗文,但抒情点更多落笔于守边、卫边、哭边,也就是悲悼失地,期望收复失地,守住一份家业就算是大幸了,不再有拓边的豪迈。

盛唐是中国有实力的时代。

唐太宗、唐高宗在位期间屡次开疆拓土,唐朝成为一个国境辽阔的国家。到了唐玄宗开元年间,在大明宫屋顶上浮现的已是"盛唐气象":有世界领先的政治框架,如相互支撑,又相互制约的三省(中书省、门下省、尚书省)制度;漕运畅通,经济发达;有一定的阶层流动通道,民心向上;军事强大,威震四海,无须修"碉堡",边将即长城,外族不敢犯,各国皆上供。

国力的强盛大多会培养拓边的冲动,这不仅仅是一个雄才大略的君王的冲动,也是一个族群、一个国家的意志,这种生命力旺盛的时代，会诞生英雄，也会诞生战士。

我们可以简述一个只有唐代才可能产生的传奇故事，以遥想当年唐代军人的自尊和威风，以及整个社会，特别是文人、外交官分享大唐荣光的昂扬心态。这个故事可以说绝无仅有，简直是奇葩到要逆天了：唐朝两个外交官一时兴起，"灭了"中印度。

二

这是一个富有传奇色彩的历史故事，具体细节且听我慢慢道来。

中印两国之间横亘着青藏高原、喜马拉雅山，中间是强大的吐蕃领地，中印两国很难来往。后来，唐王朝在西域的影响逐步扩大，丝绸之路重新开通，诸多小国前来大唐朝拜，诗人王维曾经在《和贾舍人早朝大明宫之作》中描写过这种万邦来朝的宏大场面："九天阊阖开宫殿，万国衣冠拜冕旒。"

当时的印度分为许多王国，这些王国各自为政，其中不少王国与唐朝有过经贸来往和外交往来。

唐贞观二十一年（647年），唐朝以职业外交官王玄策为正使、蒋师仁为副使，率领一行护卫三十人出使天竺（今印度）。访问十分成功，会谈十分友好，咖喱饭与葡萄酒共进，瑜伽师与歌舞伎互动，天竺各国派出使者带着财物来参加大唐外交官主持的印度大区经贸洽谈会，准备与王玄策一起到唐朝朝贡兼讨赏。中天竺有个小邦国，这时候国王正好去世，国中大乱，大臣那伏帝阿罗那顺搞了个军事政变，借机篡位。

这个不按常理出牌的军政府头脑在外交上也"不懂规矩"，竟派遣军队伏击王玄策等人。跟随王玄策的三十个卫护与敌人交战，寡不敌众，或死或被俘，中天竺军队还把各个国家准备贡献给唐王朝的财物全部抢走。

王玄策乱中逃离，心中愤愤不平，我大唐使者，前来睦邻友好，却被你伏击，你惹我了！我生气了！我大唐外交官，没事不找事，有事不怕事，不给你看看大唐实力，你不知道马王爷的三只眼。

待回国搬救兵，路途长，时间久，还给祖国添麻烦。将在外君命有所不受，不如我热锅煎饼，就近解决，先斩后奏，自己把这个问题解决了再回去。你可以想象大唐外交使者的自信和才略。

于是，王玄策和蒋师仁就来到吐蕃借兵，在此之前，已经有文成公主在吐蕃担任和亲大使，举止亲民，赢得了人民的爱戴、赞普的欢心。于是，吐蕃就借给王玄策一千二百吐蕃精兵。

王玄策掂量了一下，担心兵力还不够，又跑到泥婆罗（今天的尼泊尔）借得七千骑兵。有了这八千兵马，王玄策与蒋师仁率军直奔中天竺，与中印度军队作战三天，攻破城池，斩首三千余级，敌人惊慌奔逃，落水溺死的超过战死的，约一万人。

阿罗那顺乘乱逃走，收拢散兵再次交战。这一次，蒋师仁率

219

队斩敌数以千计,并擒获阿罗那顺。当时的唐王朝实力强大,并没有把印度诸邦放在眼里,《新唐书》满满的不屑,只用四个字来记录这次战争:"击之,大溃。"

但中印度内阁也有一批犟头杠精女魔头,阿罗那顺的妻子又招集余部负隅抵抗,蒋师仁再次率军击败他们,一举俘获王子、嫔妃及各色人等一万二千人,还收获牲畜三万头。

这一下闹大了,中天竺各地闻风丧胆,五百八十座城邑闻风而降。边上的东天竺闻讯非常惊恐,担心神明威武的唐朝使者又顺路灭了东天竺,于是主动送来牛马三万头,还送来了弓、刀、璎珞等宝贝疙瘩。东天竺边上有个迦没路国,不但献上国内的土特产,还送上全国地图,表示自己国家无条件对大唐开放,并请求大唐回赠老子像,准备开办老子学院,好好学习天朝文化。贞观二十二年五月,王玄策把俘获的阿罗那顺等一众男女一万二千人、牛马二万余头送到长安。

如此惊天地泣鬼神虽远必诛的现实版故事,在如日中天的大唐却没有排进年度英雄榜,因为与其他唐朝将领指挥的战争大捷相比,王玄策取得的胜利也并不出众。

当然,唐太宗还是肯定了这两个外交官为国扬威的尚武精神,封王玄策为朝散大夫,从五品下。因为五品官位还不是高级干部,在正史当中不可能单独为他树碑立传,在没有头条、没有热搜的情况下,这位英雄最终默默无闻,为世人所遗忘。

所以,如果需要准确叙述这段历史故事,那并非两个外交官灭了中印度，而是两个依托强大祖国的外交官以过人的智慧和自信打败了中印度。

有这么一种盛况，你可以想见唐代青年人对立功边塞的向往①。

二

高适就生活在这么一个有内在拓边冲动的时代，他自己有文才，也有英雄气概，所以成了边塞诗的代表作家。

高适本是官家子弟，无奈父亲早逝，也没有留下什么积蓄，高适自幼便过着贫困潦倒的生活，锻炼了努力向上的意志。贫穷出人才，时代新口号！

高适年轻的时候做过长安漂，和所有的年轻人一样，梦想做唐代的流行歌词大王②，与青春和美女为伴。但后来发现，这条路不太靠谱，靠写流行歌词来养家糊口，唐宋两代，可能也就北宋柳三变（柳永）一人。

想通了这一点，高适就毅然决然放下春风词笔，他要走仕途。天宝八年（749年），高适四十五岁进士及第，还不算太晚，但所授官职却不怎么样——封丘县尉，相当于封丘公安局局长加

---

① 据《旧唐书》和《新唐书》等史书记载，王玄策曾奉命出使西域，成功说服西域各国归附唐朝。一些历史地理学家认为其行事与中天竺无关。
② 见薛用弱《集异记》"旗亭赌唱"。

财税局长,掌治安捕盗之事,还要负责"割断追催,收率课调"。都是与刺儿头打交道的事,特别是催租收债这样"下三滥"的活儿,到过长安国家大剧院,见过长安顶级歌姬的文人每天绑人催租,感觉很不好,他实在干不下去就辞了。

他要走一条升迁速度比较快的路子,这就是投笔从戎,立功边塞。而唐玄宗时期改"府兵制"为"募兵制",也给很多文人提供了另一条出路,文人掀起了从军热,一时间酒吧歌女的保留曲目都是"好铁要打钉,好男要当兵"这首歌。

李泽厚在《美的历程》盛唐之音一章中专门分析了边塞诗雄起的原因:

> 这条道路首先似乎是边塞军功。"宁为百夫长,胜作一书生。"(杨炯诗)从高门到寒士,从上层到市井,在初唐东征西讨、大破突厥、战败吐蕃、招安回纥的"天可汗"(太宗)时代里,一种为国立功的荣誉感和英雄主义弥漫在社会氛围中。文人也出入边塞,习武知兵。

走这条路的时候,高适已经不年轻了,他已经五十岁了,好在他遇到了命中的贵人,他千里迢迢跑到凉州,加入了名将哥舒翰的幕府。哥舒翰和高适有着相似的人生境遇,对高适的雄心抱负也十分赏识,得到重用的高适终于找到人生方向:现在,他可以在边塞城楼喝一杯了:"功名万里外,心事一杯中。"

高适在从军以前已经非常关心边塞战事，也曾经亲自到边塞游历，了解边地生活，采访边防战士。他为那个时代"最可爱的"军人的守边热情而感动，也看到了军伍中的黑暗，知道当官的贪，也懂得当兵的痛。他的边塞诗，很正能量，也很务实，歌颂了为国守边的英雄主义精神，也批判了军中的腐败现象，具有鲜明的现实主义精神。

高适的《燕歌行》这首诗既有赞颂，也有讽喻，作者有很多话要说。

汉家烟尘在东北，汉将辞家破残贼。
男儿本自重横行，天子非常赐颜色。
摐金伐鼓下榆关，旌旆逶迤碣石间。
校尉羽书飞瀚海，单于猎火照狼山。
山川萧条极边土，胡骑凭陵杂风雨。
战士军前半死生，美人帐下犹歌舞。
大漠穷秋塞草腓，孤城落日斗兵稀。
身当恩遇常轻敌，力尽关山未解围。
铁衣远戍辛勤久，玉箸应啼别离后。
少妇城南欲断肠，征人蓟北空回首。
边庭飘飖那可度，绝域苍茫更何有。
杀气三时作阵云，寒声一夜传刁斗。
相看白刃血纷纷，死节从来岂顾勋。

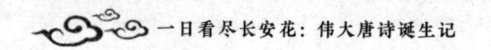

君不见沙场征战苦，至今犹忆李将军。

《燕歌行》采用的是乐府旧题，但写的是现实生活、当下光景，这已经开了中唐流行的新乐府的先声："文章合为时而著，歌诗合为事而作。"《燕歌行》还有对时政的批判意识，这对于新乐府批判时事的精神也有前导作用。

三

自唐开元十八年（730年）至二十二年（734年）十二月，契丹多次侵犯唐朝边境。幽州军政一把手——节度使张守珪经略边事，初有战功。

但开元二十四年（736年），张守珪让平卢讨击使安禄山出讨奚、契丹，"禄山恃勇轻进，为虏所败"，可见，安禄山开始时也就是行伍中的一个混混。

开元二十六年（738年），张守珪属下将领又是轻敌冒进，出兵攻奚、契丹，先胜后败，"守珪隐其败状，而妄奏克获之功"。高适从密友处得知内幕消息后，对张守珪这种谎报军情、作弊邀功的行径很愤怒，因此作诗讽刺。

《燕歌行》可分四段。开头八句为第一段，写雄师出征，第二段八句写边塞血战，第三段八句写大战带给战士及家属（少妇）的身心创伤，末段四句歌颂英雄主义并对战士以身殉国的精神表达了最高的赞美。全诗笔力矫健,气氛悲壮淋漓。

这首诗思想深刻,既有赞颂,也有讽喻,作者有很多话要说,主题思想包含了多重内容,我们结合有关诗句简略分析如下。

这首诗最鲜明的主题是对戍边战士为国献身的颂扬,自始至终充满了对一线军人的同情与礼赞,血染的爱国主义旗帜高高飘扬在大唐的瀚海边塞。

特别是全诗的结尾部分,沉重而悲壮,激昂又苍凉:"杀气三时作阵云,寒声一夜传刁斗。相看白刃血纷纷,死节从来岂顾勋。"士兵们与敌人短兵相接,浴血奋战,战争残酷而胶着,战士视死如归,这是何等勇敢,又是何等正气昂扬,岂是为了个人的功勋而战!都是好军人、好战士,以生命保卫着国土,卫护着边境人民的安全。

他们是守护边境的勇士,是为国而战的英雄,是那个时代最牛的军人。军人的热血成就了边境的完整与安宁:"未收天子河湟地,不拟回头望故乡。""军歌应唱大刀环,誓灭胡奴出玉关。只解沙场为国死,何须马革裹尸还。"那个遍地英雄下夕烟的边塞,留下了让人永远憧憬的英雄主义群像。

在对前线士兵礼赞的同时,诗人的目光还投向了年轻的军嫂,关注着她们的当下,也忧虑着她们日后孤寡的生活,特别是战争给她们留下的心理创伤。

> 铁衣远戍辛勤久，玉箸应啼别离后。
> 少妇城南欲断肠，征人蓟北空回首。

这一段，一句征夫，一句思妇，错综相对，写相望难相见的生死之悲、离别之苦，悲情逐步加深。城南少妇，日夜悲啼，肝肠欲断。战士殒身战场，一了百了，但留给少妇的将是无尽的创伤，无尽的流泪的夜晚。

她们愿意像孟姜女哭长城那样，到边庭看望、陪伴年轻的丈夫，抚慰满身创伤的丈夫，但是"边庭飘摇那可度"？千万里的路途又岂是女子的脚步可以丈量。即使到达边地，"绝域苍茫更何有"！年轻的生命已经长眠异域，相去万里，永无见期，人生到此，天道宁论！战士"一寸丹心图报国，两行清泪为思亲"，思妇"可怜无定河边骨，犹是春闺梦里人"。这种对比带来的彻骨悲伤充满了深厚的人道主义精神。

除了歌颂与同情，这首诗还具有深刻的批判精神，批判的重点是那些只图军功、罔顾年轻生命的将军们，批判了她们轻启边衅，轻敌冒进，醉生梦死，草菅兵命的恶行。

比如，开头写"男儿本自重横行，天子非常赐颜色"，貌似揄扬将军的威武荣耀，实则已隐含讥讽。樊哙在吕后（吕雉，汉高帝刘邦之皇后）面前夸口说："臣愿得十万众，横行匈奴中"，季布便当面斥责他大言欺君。（事见《史记·季布栾布列传》）所以，"横行" 二字用在这里，已经暗示了恃勇轻敌的批评了。

又如第二段写战斗危急之时，"胡骑"似狂风暴雨，卷地而来，汉军奋力迎敌，杀得昏天黑地，置生死于度外。然而，就在这样严酷的战场不远处，将军们却依然寻欢作乐："美人帐下犹歌舞！"这样令人伤情的事实对比，有力地揭露了将军和兵士待遇的不公，暗示了必败的原因。

"君不见沙场征战苦，至今犹忆李将军！"也是口诛笔伐之句，深刻批判军中腐败，缺乏良将。汉朝威镇北疆的飞将军李广，处处爱护士卒，使得士卒"咸乐为之死"，与当下那些骄横的将军形成鲜明的对比。

另外，我认为目前的研究和赏析文章，还缺少了一个重要方面的深层分析，这首诗的字里行间，还对汉家天子（其实是当朝皇帝唐玄宗）进行了含蓄的批判。

四

唐代思想开放，文人说话无顾忌，对皇帝老儿也无须"出恭""入敬"。

大家都知道白居易《长恨歌》直接用诗歌的形式写唐明皇杨贵妃的隐秘故事，揭露当朝天子祖宗八代的"糗事"，宋人以后的道学家就很不理解。李白的《清平乐》现场作诗，明夸暗损杨贵妃，把她比作"赵飞燕"，放在宋代或明清，这也是大不敬了，赵飞燕是祸水，汉成帝就没有责任吗？

回头说这首《燕歌行》，字里行间也有对"汉皇"开边，轻启边衅的不满，乃至于贬损。

如五、六两句，铺排将军出征的威风，"摐金伐鼓下榆关，旌旆逶迤碣石间"，但对比后来军事的重挫、战士死伤的惨烈，这位将军就是邀功冒进、误国误军啊。就是这样的误国将军，还得到皇帝的恩遇？

"战士军前半死生，美人帐下犹歌舞"，士兵血战之时，将军竟然在军中帐下欣赏美人歌舞，这还有没有良心啊？即使当时没有小红书，没有现场视频，但这种"出格"的状况不可能不传到朝廷。在这首诗的序言中，高适说明了："开元二十六年，客有从御史大夫张公出塞而还者，作《燕歌行》以示适。感征戍之事，因而和焉。"边塞来人，酒席之间，说的话、私人间流通的诗文都是内幕消息，可以想见从张守珪那里来的客人还会以小道消息的形式在公私聚会中传播真相，披露边将胡作非为的黑幕。如此厚黑将军，皇帝不会一无所知，但因为自己好大喜功，依然对其恩宠有加，这样的盛世，危乎险哉！

"身当恩遇恒轻敌，力尽关山未解围"这两句，也不仅是对轻敌将军的批判，也直接说明了将军轻敌的原因，因为有皇帝"恩遇"，所以将军有恃无恐，助长了轻敌意识。"轻敌"与"恩遇"放在一起，虽然没有解释，但因果关系已经是昭然若揭了。

高适还是很有政治眼光的。

当时，大凡关心政治的文人，对边将邀功、节度做大，大唐虚胖都有一定的隐忧。天宝十一年（752年）冬，李白来到了幽州。他此行的一个目的就是"且探虎穴向沙漠，鸣鞭走马凌黄河"。他要看看这个自称"腹中正有赤心"的安禄山，究竟对干爹唐明皇（据说杨贵妃认了安禄山做义子）是忠心耿耿，还是另有狼子野心；杜甫在安史之乱前夕写的《北征》，也表达了对朝廷局势可能崩塌的担忧；而高适这首诗，距离安史之乱还有十多年，但诗作已经高瞻远瞩地提出了边塞隐忧，批判了张守珪这样有军事野心，但没有军事才能的军中蠹贼。而且，与张守珪相关的两次边塞战争，都是由唐朝守军为了寻求功勋，轻启边衅，先小胜后大败，将军以战士鲜血白骨铺就自己的前程，而这批为非作歹的边将中就有安禄山。

这首诗既有对久戍士卒的浓厚同情，又流露了对朝廷不能选贤任能的不满，同时又以大局为重，认识到卫国战争的正义性，因而呼吁个人利益服从国家安全的需要，发出了"死节从来岂顾勋"这样的正能量军中口号，洋溢着爱国激情。

总之，面面俱到，既有批判，也没有违反朝廷大计方针和宣传口径。

高适具有的这种政治眼光、军事见解，也说明了为什么在安史之乱中，他能正确站队，并一路升迁到节度使的高位。

五

在高适留下的诗歌和事迹中，我们可以看到一个心眼比较灵动的"大活人"高适。高适和老实巴交的杜甫不一样，和狂放自在的李白也不一样。

假如把李白傻帽似的一年散尽的"三十万金"给了高适，他可能会开个酒楼，在长安郊县置办一些田产，把李白、杜甫请到酒楼办诗歌朗诵会，提高酒楼客流量；假如他是杜甫，好不容易得到个左拾遗的位置，他一定不会像杜甫那样"小模小样"，半夜不睡觉，想着怎么给已经千疮百孔、憔悴不堪的皇帝写奏章提意见，让皇帝晚上也睡不安稳，以便日思夜想、为人民和大唐鞠躬尽瘁。

虽然高适未必会提出"陛下太辛苦，您再不好好休息，我们全体谏官都不同意"这样的意见，但一定会看脸色再说话。

高适和李白曾经是好朋友，但性格差别很大，若放大他们的差别，就是政治家和诗人的区别。李白自以为是天下第一政治家，可以"使寰区大定，海县清一"，其实他就是个侠义诗人，缺少政治头脑；高适曾想做诗人，他其实是高明的政治家，因为他知道说话要有分寸，特别是政治站队，不能有丝毫差错。

安史之乱时，高适站到了李隆基一边，杜甫站到了太子一边，王维竟然无奈加入了伪军。

李白呢？他多看了几眼路边社的传单，传单上写着"请支持最有潜力的抗战义军，转发一万人就有可能中大奖"这样的鼓励，当时也没多想就信了，都是攻打叛贼嘛，大家应当紧握长矛一致对外啊。

太子和永王都是王子，分什么彼此？李白就做了永王的幕僚，后来下了大牢，差点丢了小命，而高适在局势不明时就知道站在王储李亨的一边，因此一直升迁到大军区司令（节度使）。

李白下狱以后，想起当年和高适一道扛过枪，一起睡过炕，（一起睡过炕，可不敢编造，李白、杜甫、高适年轻时曾经携手漫游齐鲁，为了节省住宿费，也可能是感情亲近，他们真的拉着手，在一张炕上睡过，杜甫《与李十二白同寻范十隐居》就记载过："醉眠秋共被，携手日同行。"古代男子这类举动就是真兄弟，你可千万别拿今天的观念来说事）在狱中写信求高适营救，高适没有回应。也不是高适不讲人情，因为这是站队问题，大是大非问题，高适清醒着呢。我们这样说，没有贬低高适的意思，只是想尽力还原真实的唐代诗人生活轨迹和精神风貌。

没有人知道高适这一路走来有多不容易，他不敢，也不会自毁前程！

不能否认的是，高适留下了唐代军旅诗中最强音诗篇。

玩音乐还是玩暧昧,对白居易的质疑

一

一千三百多年前的一个夜晚,在浔阳江边的一艘船上,一位美丽而憔悴的女艺术家,用绝世的才华演奏了《霓裳》与《六幺》等琵琶名曲。

琵琶声在江面上荡漾、飘散,音乐不仅让九江司马泪湿青衫,也让刚才还在算计着柴米油盐的渔夫村妇放下世俗,进入音乐世界,世间所有的嘈杂与骚动归于宁静,没有荧光棒,没有标语牌,只有聆听,"东船西舫悄无言,唯见江心秋月白"。

真正的音乐会难道不应该是这样的吗?以自然做背景,以偶遇的听众为对象,江水与芦苇,清风和明月都是见证者。

琵琶女的身世已尘封多年,今晚她遇到了对的人,她愿意倾情献演、梦回京都。今晚她还希望那位第一次见面的诗人,一位失意诗人,为她写一首长诗,让她的生命和艺术留存天地间。

诗人白居易,没有辜负这位艺术家的期待,用长诗记录了这位琵琶女用爆发式生命力完成的表演,记录了一千多年前,两个伤情者凭借音乐和诗歌达成的心灵沟通，也记录了那一个晚上感动浔阳人的美好场景。

诗歌完整记录了演奏的全过程，过程描写细腻而丰富，准确、清晰地表达了古代优秀民族乐器演奏的现场实景效果，直到今天，依然余音绕梁。

这首诗不仅记录了演奏者的表演行为、动作细节，还记录了表演者的情绪变化，诗人能感受、能理解、能用心体会、能转换表达，并由音乐而联系到艺术家人生的周折、生命的旺盛与枯萎的轮回，完成了音乐场景的再现，也达成了音符后面的情绪表现，对音乐表演进行了二度诠释。

二

《琵琶行》获得了很高评价和广泛流播，白居易去世后唐宣宗写诗悼念他说："童子解吟《长恨》曲，胡儿能唱《琵琶》篇。"可见白诗在当时已经具有一定的影响力了。

但古代也有人对白居易与琵琶女现场互动的表现提出过质疑。宋洪迈《容斋五笔》有一段话评论《琵琶行》，表面上是为白居易辩护，其实，已经包含了严肃的批评：

> 唐世法纲虽于此为宽，然乐天曾居禁密，且谪居未久，必不肯乘夜入独处妇人船中，相从饮酒，至于极弹丝之乐，

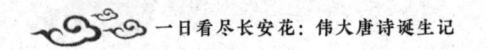

中夕方去。岂不虞商人者它日议其后乎？

这话说得比较含蓄，给老白留足了面子，其实还是吐槽白居易。表面上是说白居易写这首诗的故事背景可能是虚构的，因为唐朝虽然世风比较开放，但白居易曾经在皇帝身边工作过，应是懂得朝廷纪律的。况且当时白居易被下放到浔阳反省，这时候怎么可能不顾身份和个人品德之议，半夜到女子船上喝酒听音乐呢？

那么洪迈这个评价到底有没有道理呢？

若按照我们惯有的对才华诗人的宽容，这也就是一个音乐表演秀实景记录，以及一位非常投入的观众与艺术家由"共鸣"发展为"共情"的故事，连邂逅都算不上。

但如果真的要按照现实生活中官场规则来看，白居易确实出格了，因为被贬官员也在官员花名册中，大唐也有明刑正典处理那些越轨的官员。我们不妨站在以洪迈为代表的宋代道学家的立场，捋一捋白居易的现场表现。

三

这个故事发生在元和十一年（816年）秋天，白居易被贬九江司马已两年，在浔阳江头送别客人，遇到了曾经在京城艺术圈红极一时的琵琶女，此女也是识时务者，因为"年长色衰"，已经放弃艺术圈，嫁给了一位成功的企业家（委身为贾人妇）。白居易"忽闻水上琵琶声"，惊为仙乐，对音乐的热情使得他没端住架子，"移船相近邀相见"，琵琶女在适当地矜持一番后，为诗人倾情献演，诗人以酒助兴、以心聆听，演奏结束，诗人还询问了琵琶女的身世遭遇，触景生情，抒发了"同是天涯沦落人"的伤感，并以长诗的形式生动而具体地记录了当天晚上的演奏过程，留下了这首长诗。

这么看，没毛病！

但有心"吐槽"者如洪迈，他看到的场景不是这样，或者说他对诗歌情节的翻译不是这样：白居易送完客人不回家，半夜上船喝花酒，听歌女弹琵琶，与歌女聊音乐谈家庭，直到深夜。您老白想干什么？这让不少粉丝都为他捏着一把汗，要知道，有人盯着你哪。

再延伸一步，你可是吃不了要兜着走。

第一，琵琶女是有丈夫的人，她丈夫还是一个做物流、搞长途运输，在业界颇有口碑的商人，前几天又是"浮梁买茶去"了。

作为在编官吏，人家丈夫不在家，而且是为了活跃市场经济而辛苦奔走，多少个工薪家庭和小生意业主就靠着他混口饭吃呀，你和人家家眷晚上在荒郊野外的一条船上"秀理解"，而且带着酒气，你就不怕都水监主簿查船？只怕到时候你大喊我是白居易，人家也只当查到个酒驾。

第二，歌女在唐代与风尘女子属同一个类别，虽然不属于扫黄对象，但您得避嫌疑吧；况且，该女子开头就挑明了自己的历史问题，"问其人，本长安倡女"，"倡"虽不是全等于"娼"，但总是在欢场混的人吧？

第三，这位女子，而且是已婚女子，还是一个和丈夫不冷不热的女子，她这个时候给你诉说她的委屈，诉说她和丈夫的不和谐，说丈夫如何"冷暴力"她，为你"添酒回灯重开宴"，还为你单独举办琵琶演奏会，什么意思？

琵琶是异域乐器，来自阳光炽热的地方。这一切合到一起，什么意思，你是揣着明白装糊涂，这个时候，这个夜晚，空气中都有一些暧昧的味道，你还长时间待在那条船上，你白居易说得清吗？你是来玩音乐还是来玩暧昧的？你是把这条船当作湖上移动KTV了吗？

比较中规中矩的访问安排应该是这样：提前通知访问时间，带上随从，去了以后，应当把印信掏出来给琵琶女看一看。特殊时候，还要看一看防疫证明，因为浔阳这个地方，"住近湓江地低湿，黄芦苦竹绕宅生"，湿气重，蚊虫多，容易传播流行病，然后说明来意。

访问的重点是表扬她先生为社会创造就业机会所做的贡献，小小一杯茶，系着千家万户的日常生活，以及琵琶女辛勤持家，雨天还为小区开设免费琵琶辅导班、活跃小区文化气氛的优秀事迹。

最后，可以请琵琶女表演一段《十面埋伏》，结束前再评点几句，比如"大弦嘈嘈如急雨，小弦切切如私语。嘈嘈切切错杂弹，大珠小珠落玉盘"，显示一下九江司马应有的文化素质。这样，既指导了社区音乐表演，还做了一次和谐家庭你我他的工作。

洪迈生活的宋代，那时理学思想盛行，对个人的行为规范多了不少约束。与开放自由的唐朝比，对某些官员的私德要求会更严格，如果以今天的眼光来看白居易的行为，也确实不符合一个清廉自守的官员标准，但白居易毕竟是封建时代的一名官吏，无法跳出时代局限。在批评的同时，也需持有一份理解：他是个才子官员，也是下放官员，他喜欢音乐，落难时容易产生同理心，听到京都琵琶声应该分外亲切。他为这个流落江湖的京都艺术家捧个场，喝了酒，也鼓了掌，说话做事过了一点，只要没有实际越界行为，还是可以保留他作品发表权的。

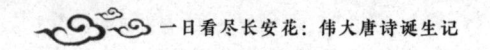

劳动与分配,一个千古难题

一

中国社会历来重视农业问题,农民稳定,社会就稳定。文人是社会的良知,不管是身处魏阙还是人在江湖,有良知的文人都会心忧天下。

中、晚唐是贫富对立、民生问题十分尖锐的时代,白居易写了《卖炭翁》,李绅有《悯农》、聂夷中有《公子家》,都是为穷苦人"说难"的诗歌。

在这些为农民和城市劳动者"说情""叹穷"的诗作中,罗隐的《蜂》是一首匕首投枪式的短诗,它以比喻的方式直击劳动与分配不公这个封建社会千古难破的核心问题。

不论平地与山尖,无限风光尽被占。
采得百花成蜜后,为谁辛苦为谁甜?

罗隐(833—910年),唐末才子、文学家,本名"横"。生不逢明时，五行缺文凭，考场屡屡失利，十举进士不第。一个人如果在一个地方跌倒多次，就会怀疑自己，在自己身上找问题。罗横认为是自己的名字"横"太霸气了，引起"人神共愤"，决定低调做人，乃改名为"隐"。改了名倒是很灵，就这么一直"隐"下去了，始终未能进入唐末"高等文人圈"。

自己的才华无法一次性、捆绑式批发给官家，就只能于乡间市井中零售了。没有机会到朝堂慷慨陈词，就只能在集市书肆以掐指妙算之潇洒来表达对天下大势的评点，就只能到"文学城"之"离骚（牢骚）论坛"写首诗来表露见解了。

二

罗隐的诗歌继承了杜甫、白居易正视现实、直面人生的入世精神，以诗笔抨击社会弊政，反映社会民生疾苦，当然，也不会忘了叹息个人的不遇。

思考既久，见解必深，罗隐这首诗直击晚唐社会的痛点，引起普遍共鸣，一首短诗，对社会问题的思考深度超越了他自己写的《谗书》及《两同书》，唐末民间诗坛很快就把罗隐这首诗推到热搜置顶的地位，持续了很长时间。

这首诗语言很简单。

前两句写蜜蜂的风光排场，"不论平地与山尖，无限风光尽被占"。蜜蜂不但勤奋努力，活动空间也很广阔，蜜蜂每天都很忙碌、很充实、机会也是"无限"的，犹如刚刚走红的社会学专家，哪里哪里都有它。"占"字一般是贬义，用在这里，是障眼法，欲扬先抑，如果没有题目或者后面两句，你可能以为这首诗写的是花蝴蝶，讽刺花花公子呢。

三、四两句一转："采得百花成蜜后，为谁辛苦为谁甜？"原来，蜜蜂到处采花，不是为了满足自己的口腹之欲，为的是酿蜜供他人享受，这么看来，前面的风光都是辛苦、都是泪啊。

虽然也有人理解为这首诗讽刺蜜蜂的行为，类似柳宗元写的《蝜蝂传》，小虫蝜蝂和蜜蜂，就是个小农经济守财奴的缩影，聚敛资财、贪婪成性，只知道积累，不知道享受，辛苦一场，白忙乎！

但大多数学者认为这首诗通过描写蜜蜂采花酿蜜供人享受这一自然现象，比喻广大劳动人民的劳动成果被封建统治阶级残酷剥削的现实，表现了诗人对劳动人民的同情和对剥削者的愤慨，虽然没有提出解决方案，但留下了中国古典社会学中的"罗隐斯基"之问。

三

罗隐此篇歌咏"蜂"之作，在艺术表达形式上独具特色。不粘不脱，不即不离，既是咏蜂，也是说人，写的是蜜蜂，其实是指蜂骂人,通过吟咏蜜蜂采花酿蜜供人享用这一自然现象,表现了他对社会分配不公的思考,寄慨遥深,在社会动乱的前夜敲响了"警世钟"。

这首诗的影响很大,后来诗人如北宋梅尧臣写的"陶尽门前土,屋上无片瓦"。北宋诗人张俞写的"遍身罗绮者,不是养蚕人"。都是这首诗命意的复制品,但也普遍引起共鸣。

关于劳动和分配,关于追求社会正义与公平,一直是中国人思考的大问题,关系到社会结构、社会制度的问题,是隐约的"天问"。

这种均贫富的思想其实是中国传统政治思考的重要根基,可以说,谁忽视了这个问题,谁就要下台,历史上一次又一次的农民起义都是基于极度的分配不公而引起的。但这一问题在旧时代是无法得到解决的,农民起义以唐突的形式来破坏现存政权,却无法改变整个旧制度。

我们常常认为,民生民主这样的思想,社会主义共同富裕的思想,是近代、当代兴起的思潮。其实,追求均贫富,或者给穷人一条活路,在古代社会,有远见的、有爱人之心的文人,都会有这种思想。

孔子早就高瞻远瞩地指出"不患寡而患不均",最大的动乱源来自基尼系数的提升。杜甫、白居易等一批儒生从关怀自身出发,延伸到关怀民生,以诗歌来讽喻现实,引领了诗歌关心社会现实的倾向。

四

罗隐凭着知识分子的敏感和对生民的关切，感到了社会问题的严重性，随即，晚唐农民大起义就要来了。山雨欲来风满楼，罗隐等下层文人提出的革命性批判，配合了黄巢领导的批判性革命的到来。

这首诗歌既有先锋思考的前卫性，也有古代文人普遍存在的局限性。

古代诗人习惯了诗化的思考、感性的表达，大多只看到不公平的现象，却没有深入思考其成因。比如为什么明显不公的分配形式——剥削，可以以体制化的形式长期存在？蜜蜂的剩余价值是如何构成的？除了革命，还有没有改革或改良的可能。

这首诗也只是提出了问题，以问题来警醒世人，他自己没有给出答案，也给不出答案。因为诗人群体的思维模式限制了逻辑思考之深度，看到了某种现象，产生了联想，做了诗化的表述就完成了。关于劳动和财富分配的思考，浅议辄止，没有形成中国版的古典《资本论》。

由于古代文人大多是文科生，重视修齐治平，也没有文人把观察到的蜜蜂行为做成一篇生物学论文。

根据蜜蜂工作与分配的现象，有现代科学意识的人，也许会更深入一步，问一个哲学问题：自私掠夺与无私奉献为什么可以同时存在于同一物种的行为之中？地球上物种之内在节律是由谁设定的？这就上升到宇宙之问了，古典文人很难走得这么远。

大诗人也会说一套做一套

一

李益是唐朝大历年间的名诗人。

他写过一首很有意思的诗歌《江南曲》：

嫁得瞿塘贾，朝朝误妾期。早知潮有信，嫁与弄潮儿。

这首诗，非常简短，但人物心理刻画深入细腻、栩栩如生。

诗中这位女子属于富裕而无聊的阶层，吃穿不愁，按照马斯洛需求层次理论，这就开始有了精神追求。闺中无聊，思念丈夫，因为生闷气而思想开始越出雷池、进入想入非非的状态。诗歌写的就是江南小女子的这点小心思，活泼有趣。

诗人虽是代女子叹息，因为能深入理解，能同情共鸣，因此获得"全代入"的状态，诗人的心眼里仿佛看到了这位闺中女子真实的心理活动细节，其长吁短叹、发酸发狠之表现活灵活现。

这首诗短而有趣，流传了千百年，获得了读者流连忘返式的夸奖。

这首诗为代言体,代女子抒发闺怨,是当时流行的一种题材,专门为那些文化程度不高,但有很多饱满感情要抒发的"熟女"代写的情诗,表达已婚女子的不满,当然,古今一律,大多是对丈夫的不满。

这些闲适女子可以使小性子,比如"悔教夫婿觅封侯"的那一位,一定不知道考公务员有多难,占个位子有多重要。只是因为看到春色满园、杨柳浮烟,自己宛若画中人,美得没商量,才想起没人拍照或为之"写生",于是怒从心头起,开口就喊:老公,赶快辞职,回家陪我,咱家不缺那点年薪。

还有那位抱怨"无端嫁得金龟婿,辜负香衾事早朝"的女子,因为夫婿要赶早班车而忘记了给香枕上的太太留吻告别,便心生埋怨,竟然对夫婿工作的重要性产生了怀疑,这也太没有大局观了。

李益代言的这位女子更狠,她直接喊话,今晚我准备去酒吧了,你等着,而且,错不在我。你出发前已经和我约好,十五的月夜,大潮涨起时你将带着东方巴黎扬州定制的珠宝归来,乘着海潮,以轻舟漫步的形式,上演电影《泰坦尼克号》中男女在船首起舞的经典桥段,为我庆生。

妾既重信义,君当无戏言,我守候了通宵,现在都已经是东方露出鱼肚白了,你还没有回家。看着门前的潮水,准时离开,又准时回来,如此守信,我能不感慨、能不写诗吗?你也就是一个来自瞿塘的小商人,一个钻进钱眼里的俗人,本来就被人看不起,又如此不守信义,就不怕我"恶向胆边生"吗?

感谢你为我买了海边别墅,面对大海,有飒爽英姿的弄潮儿,日日踏浪潮头戏耍,还常常在 surf 到浪峰的时候,举起没有打湿的红旗对我回眸一笑[1],六块腹肌清晰可见,不但健美,也是个守信的男人。

二

你问这首"恨君"诗是不是请人写的,你就不要管了,抒发的感情是真实的,是我的原创。

这位女子对商人丈夫如此不屑,如此强势,直接威胁在外打拼的丈夫,发出"最后通牒"来要挟丈夫,这也太过了吧,不是说古代女子地位低下吗,这一位怎么这么横啊。这固然与唐代女子地位较高有关,更主要是与古代商人地位低下有关。

你不妨把学过的诗词打理一遍,是不是发现,古代文人笔下就没有见过可爱的商人,更不要说可敬的商人如晋商、徽商、红顶商人,大宅门里的白景琦之类的男人了。

在古代社会,有一种人谁都可以骂,几乎无还手之力,而且被骂了以后也没人同情,他们不算是弱势群体,却是劣势群体,

---

[1] 宋潘阆《酒泉子·长忆观潮》:"长忆观潮,满郭人争江上望。来疑沧海尽成空。万面鼓声中。弄潮儿向涛头立,手把红旗旗不湿。"

他们就是有钱无势的商人。

如白居易《琵琶行》为独守空船的琵琶女抱怨叫屈，先把她浮梁买茶去的琵琶女老公拉出来骂一顿，一句商人重利轻离别这种贴心贴肺的理解把琵琶女感动得不要不要的。

这位茶商惹谁啦，风里来雨里去，为活跃市场经济而奔走，是你老白在惹人家的老婆，反过来把她老公骂一顿。李益这首《江南曲》批判无信之人时也要把商人拉出来，如此等等，不一而足。

也许是为了防止与民争利，大多数朝代，公务员一律不得经商，不管是摆摊设点还是下班后兼职开摩的，有经商历史的家庭属于污点家庭，他们的后代还无法踏进考场参加科举。

当然，秦以前，商人地位并没那么卑下，陶朱公范蠡、秦始皇"仲父"吕不韦等，他们都是成功的商人兼政治家。

从秦朝开始，可能是担心商人干政（吕不韦就是典型案例），开始对商人严加管束，打入另册，因此形成了全社会蔑视商人的风气。

仇富也是旧时代各阶层都有的社会心理，统治阶级将商人树立为社会各阶层发泄对象，有利于封建社会的安定，即使到了今天，读到这些嘲笑商人的诗文和段子，我们这些草根阶层也很解气：放在古代，你有钱又怎么啦，分分钟把你灭了。

这位女子的婚姻，即使是因媒妁之言而成，当年也应该有一定程度的自我选择。然而，时至今日，七年之痒如期而至，女子在财务自由、爱情不自由的境地里,开始感叹自己曾经的选择是一种错误,因此萌发了反思,甚至有了"思想出轨"之念。

她想另嫁郎君,这次再选,一定要选个能冲浪的肌肉男,更重要的是,选个情义郎,像潮头那样守信,日日到门前来问候,天天像个滑板青年,用尽力气,玩够花样,取悦我,讨好我,不会为了几个铜钿而忘了家中独守空房的妻子。

当然,眼下过着锦衣玉食好日子的这位江南女子也未必真的愿嫁给贫穷的艺术青年,之所以讲出这样的狠话,也就是为了一吐积怨,思之切才"恨"之深,如此天真之想,恍若痴人之语。其实,再深入一步,你能想到"嫁与弄潮儿"是不可能实现的,这既是痴呆语,也是苦闷语。

三

这首诗如南方园林,曲折幽深,咫尺之间,回环曲折,短短四句,起伏变化,幻想很开放,思维逻辑又很合理。

因夫婿"朝朝"失信,而想到潮水"朝朝"有信,进而生发出所嫁非人的悔恨。前两句用平淡、朴实的语言叙述了一件可悲、可叹的事实,后两句转笔写了一个可笑可乐的幻想场景,曲折而传神地表达了这位少妇由盼生怨、由怨生悔的内心矛盾。全诗感情真率,具有浓郁的民歌气息。

这首诗的情绪属于图个痛快的可乐型、发泄型,诗人谴责重利轻别、不守信用的商人，为孤室苦候的闺中女子抱不平，甚至出言不雅，代言女子威胁商人，要以"出轨"来报复失信男，这在当时和现代，都能引起很多跟帖和点赞。

世间有男女之分，不同性别之间要能通感共情，其实是不容易的。所以，当代社会，有一种体验，让男子负重体验女子怀孕期的辛苦，这样，男子知道太太不容易，就会自觉减少应酬，不加班，早回家，分担家务，建设和谐家庭。

封建社会，男性天生高人一等，成天想的都是"大事"：读书科举、成家立业、光宗耀祖，即使想到要给母亲或太太申请一个诰命夫人、社区模范之类的荣誉头衔，也一定是自己功成名就以后，真心关怀女性的并不多，所以，李益的命题是值得夸奖的。

李益这样的诗人，一直忙着读书找工作，打拼大半生，进入公务员队伍，内卷得一塌糊涂，还抽出时间来关心社会上部分女子被"雪藏"深闺的问题，还站在女子立场、以女子的心思来想问题。虽然提出的报复手段不见得合理合法，出手狠了一点，说话重了一点，甚至是鸭代鸡讲，但有这份心思就是值得夸奖了。可惜的是实际生活中的李益是个负心且具有家暴倾向的男人。

李益这首诗，代女子立言，批判失信之人，听起来是满满正能量，按照传统的"文如其人"来判断，李益应当是一位至诚君子，守信男士，一级情种。但很遗憾，实际人物的精神面貌与此差别很大。

四

　　古代文人的日常生活、真实性格,史书大多语焉不详,因为史书人物传记大多集中在人间大义、家国情怀,记载的都是"立德立功立言"这样的大事,文人本身的性格特征,特别是那些活生生的小心思,很少有人记载。

　　六朝开始有志人小说,记载的也大多是一些稀奇古怪的神奇故事和隽语戏言加乡间"鬼话",很少记载真实的人性人情和"人话"。但唐代有一篇传奇小说《霍小玉传》很是奇特,主人公就是李益,故事中的人物故事与真实的李益行踪高度吻合,是同时代人所作的人物传记类"报告文学"。

　　据《霍小玉传》载,李益是个很不守信的人,而且因为失信害死了一位痴情女子霍小玉,已经列入失信名单一千年了。后代无数有情有义就是没有钱的男子为此愤愤不平,发誓要接力追杀这位渣男海王伪君子,至少要骂死他,因此有了传奇小说《霍小玉传》和根据这个真人真事改变的戏剧《紫钗记》。

　　《霍小玉传》描述了陇西书生李益和长安名妓霍小玉凄楚但不动人的爱情悲剧。出身名门、坠入风尘的长安名妓霍小玉有知而无识,瞎了眼爱上了文人李益,一时间相信了爱情。

　　但过了蜜月期,霍小玉开始担心她与李益的爱情结局。为此,她向李益提出,不指望李益一生一世守着一个人,只是请李益给她一段时间（具体说就是八年），她将在这人生的菁华岁月贡献自己的毕生之爱，然后遁入空门，任凭李益另觅新欢。

李益听闻此言，感动得一塌糊涂，学着陈子昂来了个怆然而涕下，誓言将爱情进行到底。可是李益也就是会爬树的猪，在中了进士、有了功名以后，立马另外择取富贵女子成婚，并从此躲着不见霍小玉。

霍小玉相思成疾，一病不起。长安正义人士义愤填膺，有黄衫侠客设计将李益挟持到霍小玉家中接受爱情审判，霍小玉临死前当面痛斥李益之薄情，并发誓死后也要让他不得安生。

李益受此羞辱，产生严重的心理应激反应，并因此落下病根，总是大白天见鬼，目睹家中妻妾不守妇道，与其他男子不正当交流。李益也因此演变为极度狂躁的家暴男，对家中妻妾做出许多非常出格的防范举动，伤害性很大。家中也因此而鸡犬不宁，自己也惶惶不可终日。

其实，《江南曲》这首诗也多少可以看到李益早期善于幻想、喜欢吃醋的特征。这首诗的构思就立足于诗人嫉妒萌芽的小心思，就是担心家中妻妾因为孤独而开始思想出轨。虽然，这种猜忌与嫉妒还是以"小可爱"的形态出现的，但结合这首诗来看，已经出现了想象中"吃醋"的萌芽。

《霍小玉传》也可能类似今日之网络文学，借小说来编排他人、攻击对手。但一般研究认为，这是同时代人所记叙的故事，小说中的主人公李益也与诗人李益生平行踪有较大的重合性，具有较高的可信度，因为其他史料也记载了李益类似的性格缺陷。据说，李益"善妒"到极端的地步，控制性人格发作时接近"无人性""无人道"，为了防备妻子，出门前把妻子关进水缸里，他回家以后还要验明正身才放她出来。

当然，一码归一码，李益写的这首《江南曲》完全可以看作一首独立的闺怨诗，代女性立言，鼓励守信与家庭忠诚，这是正能量的表现。

李益是一位游走在幻想与"失神"边缘的诗人。写诗需要幻想的参与，但生活中的幻想需要控制。

李益的真实故事告诉我们一个道理，幻想是把双刃剑，用得好，高考加分，过度发挥，可能落下病根。青年学子，都有写诗的冲动，也容易幻想，能把没有影子的事幻想得栩栩如生，带来嫉妒的熊熊火焰，但在处理日常生活中的情感问题时，应当警惕诗意与幻想的过分参与，特别是避免嫉妒心理的极度参与。

家长里短，人间热搜

老先生的"小清新"诗

一

比喻可能是人类最通行的修辞手法。

比喻的兴起或许是因为人类骨子里很孤独,有一种"拉群"的习惯,也就是努力在外物中发现与自己类似的品性,不对眼就"群殴","对上眼"就拉进群里,大肆赞扬。这种手法表面上是夸物,其实还是在扬己。

这就是文学中拟人咏物的来历。

举个例子:我家住所周围,有不少虹彩吸蜜鹦鹉(标准学术名词),有一只鹦鹉偶尔飞来阳台觅食,在寒风苦雨天,看到五彩缤纷、瑟瑟发抖的小鹦鹉,怜悯之心油然而生,加上爱美之心、好生之德和闲来无事想拍个短视频,我就会给小鹦鹉投喂一些食物。

但小鹦鹉吃完了,在地上刷一刷鸟喙,一转身,张开五彩翅膀,飞到另一户阳台上,我心里就有些酸溜溜的,你仗着一身漂亮的羽毛,到处讨包养,这不是"流莺"吗?心里就对这只小鹦鹉有些不齿。但"流莺"二字脱口而出后,太太不高兴了,回一句:"这只鸟或许是海王、渣男,这都料不定啊。"我没心思,也不敢反驳,遂学苏格拉底转向"人生啊人生"之思考以避其锋芒。

我开始检讨自己:好笑,鸟的主要生活目标就是觅食,哪里有吃的,当然就飞到哪里,你敢喂食,它就敢来讨食,我们为什么要以我们的人格来要求"鸟格"呢?这种拟人、比附,这种生闲气,是不是太过分了?

这其实就是人类过分强势,过分入戏,将自己的生活模式和理念强行推广到外界,希望天下万物百态都符合人的情趣,以美化人的生活环境,甚至要求动植物具有君子品格。

但在诗词写作上,这种思维却大有用处,我们把人与外物的某些品行进行类比,找到切合点或重合处,或者对外物的形象在虚拟时空中大肆剪裁,通过对物象的重塑来表达"人以为是"的美感,咏物就是咏人,这就是比兴。

古典诗词中比兴手法处处可见,有多种植物成了文人品格和审美趣味的表征。如松、竹、兰,是较早开发的君子代言品;魏晋时期,陶渊明"发现"了东篱菊花这一款,代表着朴素与自然;隋唐文人开始歌咏莲花的出淤泥而不染的品格;宋代文人感受到了北方寒流的刻骨之痛,着力歌颂凌寒开放的梅花品格。

总之,中国文学的花圃中,不少植物由野生到家养,形成了系列的君子风花卉,极大地增加了古典文学的审美内涵。

二

今天，我们来说一说杨柳风。

杨柳属于普罗植物，遍植大江南北，随处生发，很早就成了文人歌咏的对象，但它的品格地位一直没有定性，被文人反复搓揉，形成了多种象征含意。

如《诗经·小雅·采薇》中有"杨柳依依"之形象，写的是出征将士对家乡与亲人的思念，因此，诗词中咏柳往往是表达相思之情。

据说，"柳"与"留"谐音，所以，提到杨柳就会让人顺口溜出谐音梗"留"，这可能是民间专家的解释；西汉名将周亚夫号召军人美化居住环境，在军营周围种植杨柳，号称"细柳军营"，柳成了军队驻地的象征；陶渊明宅边有五棵柳树，并以"五柳先生"自居，一段时间里，柳被用作隐士之居的象征；道家认为柔弱可以胜刚强，处世为人要甘于示弱，柔而不折的柳成了本来腰杆子就不硬朗的文人代表，如南朝宋刘义庆《世说新语·言语》记载了顾悦先生自叹自美："蒲柳之姿，望秋而落。"明汤显祖《牡丹亭·延师》中有个小清新男生如迎风柳枝般对着先生一拜到地说："今日吉辰，来拜了先生。学生自愧蒲柳之姿，敢烦桃李之教。"

当然，这种"弱爆了"的姿态，也只是在一部分旧时代文人圈子里流行。

总之，经过长时间的寻找、试错、再定位的过程，杨柳逐步成了中国文学中重要的抒情意象，是中国诗词中伤感情结的核心表达。

文人一直在寻找为柳树摆拍的最佳位置和最美色调，有一首重要的咏柳诗，抓拍到了杨柳在春日里呈现出来的民间的、女子的、野放的、小清新的生命状态。它就是贺知章的《咏柳》：

> 碧玉妆成一树高，万条垂下绿丝绦。
> 不知细叶谁裁出，二月春风似剪刀。

这首诗第一句写柳树的整体形象，重在写"色"，突出早春二月柳色之嫩；第二句写柳枝，重在写"态"，写风中柳枝下垂摆动的风韵；三四句写柳叶，重在写柳叶之细嫩，赞叹大自然造化之"神"。

这首诗是"比""拟"作诗的代表，在四句诗中，贺知章连用了三个比喻，而且越写越来劲，所用比喻个个贴切而新颖，处处咏柳，又处处写人。

第一句以碧玉来写春柳"沁绿"之美。碧玉有拟人的传统，代表年轻有活力的民家女子，如南朝萧绎《采莲赋》有"碧玉小家女"的句子，后来形成"小家碧玉"这个成语。

"碧玉妆成一树高"就自然地把眼前这棵柳树和质朴美丽的

民间少女联系起来，她一身嫩绿，楚楚动人，充满青春活力，也就是民间说的"嫩得出水"的青春。

第二句以丝绦下垂比喻柳枝之柔和。丝绦就是丝带，多用作女子腰间饰物。把随春风摆动的柳枝比作女子腰间下垂的丝带，不仅形象类似，也比较私密，与上一句的小家碧玉相呼应，犹如女子内衣外穿，别有一种风流姿态。

以小清新写大自然，以女子体己装饰比喻春柳，让人有一种满眼春色，与自然亲近的感觉。

三四两句是明喻，用了"似"这个喻词。剪刀是女子常用的工具，以日常裁剪之女工写春风孕育之妙用，举重若轻，联想妙哉。

三

这首诗写人与写柳无缝对接，手法不粘不滞，味道若有若无，柳枝后面处处有一个婀娜多姿的小家碧玉，但你定睛细看，还是杨柳春树。

如果说崔护的桃娘诗将桃花与人面叠加到一起，形成了一种意象叠加的效果，而贺知章这首咏柳诗中的"人化"却更加轻灵，有点染，无痕迹，两种形象重合之迹若有若无。

碧玉、春柳、少女、丝绦，你仿佛见到这些最美意象融合到一起，成就了一种美轮美奂的图景，这就是虚拟世界的创造力。

在取比引喻的时候，诗人选用的几个动词也非常到位，处处是柳的姿态，又处处是女子的意态。第一个"妆"字，以女子闺房的日常举动写柳树在春天里逐渐美容的过程，人树之间"无间道"；第二句"垂"字，合写"柳枝"与"腰肢"，柳树化身美人，人树合体，非常和谐；最高明的还是"裁"字。

打比方，喻体和本体之间意念上要求贴切，而二者在形象上最好是互不搭界，差别越大，合体工程越发困难，也愈见写作手法之高明。

"剪刀"与"春风"，一个人间，一个天上；一个可把握，一个唯感知；一个硬货，一个软件，二者风马牛不相及，可是因为一个"裁"字，使二者合为一体。

视之无形、不可捉摸的"春风"就有了"剪刀"之妙用。这样来作比喻，既出人意料，又纳于理内！奇想、妙用、贴切、合理，你不得不服。

别人都说女子如夏花灿烂，贺知章说女子如春柳柔软，沁绿、生发，又说二月的春风就像一把大剪刀，把春日杨柳的秀发剪裁得如此曼妙，贺知章简直是天下柳树的闺密啊。

杨柳实在是太普通不过了，贺知章的诗虽然高明，却没能给杨柳固定一个清贵的身份。唐宋以后，杨柳在诗词中的品格不但没有提高，还有下降的趋势。

面对这种趋势，杨柳无言，干脆躺平，并逐步成了描写女性腰肢的专配，更有甚者，柳枝直接成了某一类型女子随风摇荡的表征。如唐·韩翃《章台柳》：

> 章台柳，章台柳！昔日青青今在否？纵使长条似旧垂，也应攀折他人手。

这种比喻流传久了，文人都忘记了杨柳淳朴的本质，直接把它打入另册，连我们的杜先生也未能免俗，杜甫《绝句漫兴九首》其一写道：

> 隔户杨柳弱袅袅，恰似十五女儿腰。
> 谁谓朝来不作意，狂风挽断最长条。

更为可悲的是，有人看到杨柳就想到男女之事，最大的受害者是宋代大文人欧阳修。欧阳修写过一首咏柳词《望江南》，可能受贺知章启发，他也把"叶小未成阴"的柳枝与"十四五，闲抱琵琶寻"的小姑娘作为对比来描写，结果被政敌找出来作为证据，污蔑他与外甥女有不堪之事，欧阳修因此被贬黜到滁州。被贬期间，欧阳修寻山访水以消解郁闷。虽然中国文学因此增加了名篇《醉翁亭记》，但当年的欧阳修一定见到杨柳绕着走。

还有文人进一步对杨柳缺乏风骨，常常随风起舞这种现象，表示了极大的不满，如曾巩《咏柳》将杨柳比之为小人：

> 乱条犹未变初黄，倚得东风势便狂。
>
> 解把飞花蒙日月，不知天地有清霜。

也有人对杨柳被贬低、被污名化感到悲哀，想要为杨柳平反，要提拔杨柳的品格，如昆剧中有个男子的名字叫作"柳梦梅"，也就是杨柳做梦都想被提拔几个等级，具有梅花那样人人尊敬的品格。

当然，缘柳抒情并不是古人的专利。当历史的烟云离我们渐渐远去的时候，而"柳"却仍在诗人们的笔下翩翩起舞。现当代诗人对杨柳有了新比喻，将杨柳比作新娘，保留了柳的风情，提高了柳的档次：

> 那河畔的金柳，是夕阳中的新娘；波光里的艳影，在我的心头荡漾。

通过中国文化的传播，柳树成了英国民众最欢迎的中国植物，在英国还形成了 willow pattern（柳纹）瓷器。

在缺水的国家，柳树因为吸水太多，不大受欢迎。但是，海外华人在他乡见到柳树，就会自然想到柳的万种风情，想到贺知章的这首咏柳诗，心理就会升起回望故乡的依恋之情。

不管别人是否喜欢，我们对柳树挺有感觉。

唐诗中的"阳光女孩"

一

在我们的感觉里,古代女子与男子交流的时候,都非常拘谨、保守、含蓄、被动,要行不露足,笑不露齿,全身要包裹得严严实实,南宋以后的大户人家女子还要将天足裹成小脚,否则嫁不出去。

民间有更夸张的说法,女孩子被男子看到胳膊也就不行了,只能嫁给这个男子,否则就没人要了。这个可笑的规则建立在这样的推理上:看到胳膊等于看到身体,女子被人看到身体就是"失身"。你说荒唐不荒唐?但古代老百姓真有人信这一套,民间秀才还编成戏文在农闲时进行农村文化推广活动。

比如民间流传的孟姜女的故事说万喜良为逃避修长城的苦役,跳进了孟姜女的家院,正巧看到孟姜女在玩水时裸露的胳膊。于是,孟姜女只得做了万喜良的妻子,而且孟姜女从此一辈子忠贞不改,若丈夫出差不归,就得跋涉千万里去寻找。

还有一个故事,说一个放牛的后生,见到在河里洗澡的仙女，仙女一样逃不过人间规则，被牛郎看到了身体，就必须留下服役数年，而且要哭着追着嫁给这个牛郎，如果傻牛郎不解风情，仙女还要指使老槐树来做媒人提亲。

仙女要等到给这个男子生了娃以后才可以离开，但生娃以后，有血脉人情的牵连，你想走也割舍不了了。当然，因为这个牛郎的丈母娘不是凡人，最后还是派下属把这个仙女接走了。从前看这个故事的时候，我非常同情牛郎，痛恨相当于地主婆的那个"丈母娘"。

以上这些故事有夸张的成分，即使有这样的荒唐安排，也应当是宋以后、封建礼教逐步强化后的不堪场景。

其实，在唐代这样比较开放的时代，女孩并没有那么保守，女孩不但可以露胳膊露脸，活泼调皮的女孩也会主动接触后生。

二

我以唐诗为例，给你看几个比较阳光的女孩子。

首先，我们看一个通过问话来搭讪男子的女孩，这个女孩的形象出现在崔颢的诗歌里。

诗人崔颢不但出身名门望族，也是个大才子，他写过著名的《黄鹤楼》一诗，据说曾经让诗人李白搁笔叹息："眼前有景道不得，崔颢题诗在上头。"而且李白一直忘不了这事，后来到南京登楼，写了一首《登金陵凤凰台》，才算过了这个坎。

李白这么拿得起放得下的大诗人，竟然对崔颢这首诗耿耿于怀，可见，这首诗在李白心里的地位了，也说明崔颢的诗是有看头的。

据载，崔颢出身唐代最显赫的家族——博陵崔氏，家庭条件好，生活就不那么拘谨，年轻，有才华，思想放得开。他的某些诗歌内容包含了比较前卫的观念，比如《长干曲四首》之一，他描写了一位主动搭讪求爱的姑娘，没有斥责或嘲笑这个姑娘不正经，倒是带着欣赏的目光来记录这一场景。

他笔下的这位女子，大胆而不妄为，不知羞也不失身份，敢于趋前，也留有退路。这些恰到好处的拿捏都是为了一个目的，她想试探，因为她见到了一个喜欢的男子，且看她怎么说话：

君家何处住，妾住在横塘。停船暂借问，或恐是同乡。

这首诗口语化，没有典故，若要注释，也就横塘这个地名需要说几句。横塘是古堤名，苏州也有横塘街，但联系下一首说到的"长干"，此处应指三国吴大帝时于建业南淮水（今南京秦淮河）南岸修筑的堤坝，后来此地成了平头百姓聚居之处。

这个女子可能是搞水上运输的，风里来浪里去，跑码头，也算见多识广，有主见，知道姻缘其实与争取有关，有些事情错过就遇不到了。

因此，她看到另一条船上一位年轻后生，睃了两眼就有感觉，况且，听声音好像说的是家乡话——南京方言，这就一下子增加了好感，便不避讥笑，把船停下来，大大方方地过去攀问："嗨，大郎，你啊是我们南京老乡？"然后，不等回答就自报家门："小娘子我就住在白下（南京）老城区，南淮河边上的横塘大杂院。"

当然，这女子也是留有退路的，你若拒绝我，你若笑话我，我也不算冒昧，我把船停下来等你，只是想打听一下是不是老乡，或许请你帮我捎点东西回去。

诗的语言非常简练，但用字恰到好处，比如，开头称男子为"君"，自称为"妾"，听上去就比较有文化，你不要看我是大杂院长大的，你不要认为我就是个抛头露面、日晒雨淋的水上个体户，我也是有文化的；另外，因为日晒雨淋、抛头露面，我可能看上去不像个娇弱女子，但你不要误读了我的性别，我就是"妾身"，是个黄花闺女。这孤男寡女，萍水相逢，是不是应该加个微信？

所以，开头两句，一上来就强调两个人的性别定位，没那么多时间抒情，我就痛快说明我的身份和背景，也就差不多亮出半张身份证了，这算有诚意了吧。

女子如此快捷地亮出身份，因为她知道，这不是陆地逛庙会，或元宵看灯，有大把时间闲聊，虽然水上行舟，不会风驰电掣，但也就是一次偶遇。如果错过了这个交会，那就只能"相忘江湖"。

她没有指望别人把自己看作大家闺秀，她也不会"装"，至于结果如何，只能凭读者自己构思了。

三

崔颢毕竟是盛唐人物，也是比较前卫的诗人，到中唐白居易，就比较谨慎了。白居易写过《采莲曲》，描写一个采莲女子，或者是到乡村莲塘找"农家乐"的女子，也有一场偶遇。诗人剪去枝蔓，只写那"一低头的温柔"。

这位女子是出来"寻欢"的，但她寻的是清欢，到风荷菱荇处照影。舟入莲塘，偶然抬头，眼前一亮，对面来了一艘船，"舟中谁家年少，足风流"啊！

菱叶萦波荷飐风，
荷花深处小船通。
逢郎欲语低头笑，
碧玉搔头落水中。

这迎面而来的男子，可能是初遇，也可能以前见过，已是心上人，现在碰巧在河上相遇，自己乘坐的小船也进入了男子的视线范围，女子想主动 Hi 一声，但她是有身份的女孩，想说又不好意思说，便想通过微笑和低头来打个软招呼，又下意识地用碧玉簪搔头的动作来掩饰自己纷乱的心情。

不知道是否紧张所致,一不留神,女子的玉簪竟然掉到了水里。男子如何反应,没有交代,留待读者自己发挥想象。

这首诗中的男女没有对话,只写了两舟交会的片刻,女子不自在的表情,这一低头的温柔表情已足以"达意",她把自己的小心思都暴露了。

如此含蓄的表达,加上碧玉簪掉水里,好像也不是那么心痛,估计这女孩不是采莲女,可能是富家女子。诗中女子和崔颢笔下的横塘女不一样,不是以直爽痛快为美,而是以温柔含蓄为美。

四

到了晚唐,时代动乱,思想意识的管束也没那么多了,唐五代皇甫松写了一个真正的采莲女,比崔颢笔下的女子还要大胆,她直接给男子抛莲示爱。当然,这个开始时很大胆的采莲女,最终依然脱不了害羞的模样。这首诗很有特色:

> 船动湖光滟滟秋,贪看年少信船流。
> 无端隔水抛莲子,遥被人知半日羞。
>
> ——皇甫松《采莲词》(其二)

"滟滟"是船行引起的水波晃动的样子。秋天的水面十分洁净，随着船儿的移动，天光云影都在水中摇晃着，"滟滟"二字写出了秋水的清与丽。莲蓬也在秋色里饱满了，采莲女在莲塘里左右逢源，采摘莲蓬。

贪看年少信船流。

忽然，一抬头，另一艘船儿的倒影进入女子的视线，抬头一看，船上站着的不是同乡的采莲女子，而是一个陌生的英俊少年。这位英俊少年把她一下子吸引住了，她出神地凝视着这位陌生少年，以致船儿随水漂流而去也没感觉。

这种大胆无邪的目光和"信船流"的憨态，把采莲女纯真任性的个性表现得惟妙惟肖。看来，这个少年是那个时代乡间女子十分爱慕的对象。这个少男也许是城里到乡下采风的读书郎，或者装束新潮、打扮前卫，斜背着画夹的青年画师，有着不一样的吸引力，而采莲女也不是深受礼教束缚的大家闺秀，竟然大胆地盯着他看，更为出格的是在两条船相隔不远的时候，采莲女竟然勇猛地把自己采来的一把莲蓬抛到对方的船舱里。

无端隔水抛莲子。

"无端"二字写出了姑娘不假思索，任性而动的野脾气。这个充满戏谑的动作，进一步写出了这个江南水乡姑娘的大胆热情。在古代，"莲"谐音"怜"，是"爱"的同义词。也就是说，这个采莲的"野女孩"抛过去一把莲蓬直接表达了"我喜欢你"的意思。谁叫你从我的领地走过，我的莲塘我做主，我想给谁就给谁。这个姑娘的野性确实在水乡莲塘中得到了自然而放肆的发挥。

但是，哪怕是乡村女孩，在古代，也不可能不受到主流审美意识的影响。刚才，她还在"作威作福"，"调笑"路过她领地的英俊少年，但一转身，发现其他采莲女已经在捂着嘴偷偷窃笑了，原来自己的孟浪举动已经被在远处"围观"的同伴发现了，一想到刚才自己的失态，女孩子还是禁不住红晕上脸，羞从中来。"遥被人知半日羞"，写女孩的自然反应也十分生动有趣。

五

女孩子的羞涩是传统中国人认为最美的古典女子形象之一。这个民间女子，来自乡村，应该十分健康有活力，但她依然不由自主地暴露了那个时代女孩子的特点，因为给心爱的少年抛去新摘的莲蓬，不巧又被别人看见了，因此，羞入花丛，而且是"半日羞"。这"半日羞"的时段里，女孩子想到了什么，为什么红晕长时间留在脸上，令人好奇，留有余味。

古代有没有真的不害羞的女孩呢？

也有，也没有！

说"也有"。请看下面这首诗：

春日游，杏花吹满头。陌上谁家年少，足风流。

妾拟将身嫁与，一生休。纵被无情弃，不能羞。

——韦庄《思帝乡·春日游》

这是一个公开宣称对自己选择负责，绝不害羞的姑娘，但是，这也是男性文人的代言体，不能完全当真，所以说，那一时代，不害羞的女孩，可能"没有"！

适度的害羞是良好教养的表现，是对社会群体规则的认同，也是人情感细腻化的表现，如果人类不再会害羞，我们将失去一个非常重要的人类情感表达的毛细血管。

现代女孩子很幸福，阳光是性格基调，这是女性地位提高的一个标志。但我们是不是也可以给传统的"害羞"意识留一点余地。因为，动植物是不会害羞的，人类进化了几万年，才有了这么精微的表达方式，让我们且行且珍惜。

唐诗里最有情商的新娘子

一

唐诗之伟大，在于包罗万象，既有老杜之忧国忧民，关爱天下，也有李白之不落尘俗，飘飘欲仙。

既有边塞烽火、瀚海阑干，也有小桥流水、杏花人家。

除了大气磅礴的政论、史论、时论，也有小道消息、高档八卦、社区风情；既写大男人情怀，也写小女子心思。

王建出身贫寒，一生困顿，沉沦下僚，到61岁，才做到陕州司马，世称"王司马"。他生活中大部分时候过得不痛快，常有"终日忧衣食"的叹息，也因此而接触底层人民，写了很多反映民生疾苦的诗歌，如《田家行》《水夫谣》《望夫石》等。

他和中唐另一个大诗人张籍都擅长关怀民生的乐府诗创作，所以后世称他们为"张王乐府"。

他的诗还广泛地描绘当时各类"社会人"的生活状态，包括通过想象中"听床"或"听壁脚"而整理出来的宫女的自言自语、自怨自怜（宫怨体）和民间女子的生活细节，这首《新嫁娘词》就是这类诗的代表作。

王建这首诗,写的是日常生活的边边角角、是平时不大被人注意的现象,那些专攻宏大叙事的诗人是不会注意这些生活细节的。

古代史书把各种男人都记录了一遍,从君王到杂耍,从忠臣到奸佞,但女子的传记很少,即使有传记,类型也很简单:"列女传"。

一直到元代,才有下层文人开始认真关注女性,关注女性的生存权和名誉权,如关汉卿所作《窦娥冤》,专门在大元电影城打造了八月飞雪的背景为女性鸣冤叫屈,那是真的敢写啊!

关汉卿还有《望江亭》表扬女性的侠义和智慧,也开启了一个夫妻合作的新模式:男人读书进取,甘做妈宝男;女子喝酒打架,愿护小丈夫。但这些女性还是想象中带有"传奇"色彩的人物形象,而王建这首诗是属于比较早的纪实体女性文学题材。

二

王建《新嫁娘词》有三首,这是其中之一。这首诗截取了一个生活的细节,写新嫁娘为套取婆婆口味信息而拉拢小姑子,反映了古代家庭女人间复杂的"三方四边关系":"女人为难女人""女人讨好女人""女人求助女人""女人帮助女人"。

新媳妇难当,这是贯穿古今的家庭现象,这首诗实话实说,写新媳妇的不易,处在公婆与丈夫的夹缝中,要有"以无厚入有间"的生活智慧来周旋打理。

你看眼前这新媳妇,可能没文化,但一定有生活智慧;可能心里发虚,但一定要显得有底气:巧媳妇没事不惹事,有事不怕事,十万个生活小常识早就在心里揣摩千百遍,没这本事,老娘还不嫁了。

正因为这位新媳妇在令人作难的处境中找到了办法,巧妙地应付了难局,化难为易的办法充满生活趣味,一件家庭小事的叙述就带上了戏剧性色彩。

这首诗很有画面感,寥寥几笔把刚进门的新媳妇欲讨好婆婆,又担心得罪婆婆,从而费尽心机寻找联盟的复杂心理刻画得惟妙惟肖,我们先结合古代的风俗来逐句解读这首诗。

三日入厨下

古代社会,男女有别,男子系列中有君王官宦绅士庶民之阶层差别,但即使是庶民,男子在家庭中依然处在食物链顶端,威风八面,小媳妇处在家庭的底层,最典型的象征性比喻就是媳妇上不了饭桌。

当然,不同时代女子地位也有不同,大致来说,宋以后,受程朱理学的影响,对女子的约束越来越多。而唐代社会,文化开放,女子可以不让须眉,白居易《长恨歌》就说到,由于杨贵妃的示范作用,"遂令天下父母心,不重生男重生女"。

除此以外,唐代的夫妻关系比起后代更有人情,如王维一辈子为亡妻守鳏,杜甫写过"望月怀妻",连不怎么"靠谱"的李白也曾写诗向妻子道歉,自己天天喝酒、冷落了太太,该睡沙发。

三

唐代女子的地位还包括新媳妇可以享受约定俗成的三天假期。新娘婚后第三天才开始"执妇工",而第一件工作就是下厨房,操烹饪之事以孝敬公婆。

这种风俗到清代还保留着,《儒林外史》二十七回载:"南京的风俗,但凡新媳妇进门,三天就要到厨下去收拾一样菜,发个利市。"

有些人疑惑为什么一定是"三日入厨下"呢?这跟古代数字中的象征意义有关系。"三"这个数字在中国文化里是个有意义的数字,"三"可以指圆满,到达"三"可以无憾了。文人要立德立功立言"三不朽",行礼要"三拜九叩",若能做到"三朝元老"那就是祖坟冒青烟了;会讲话的人一定有"三寸不烂之舌",虽然矮个子也被叫作"三寸丁",都是蹭"三"的热度;如果"三句话不离本行",就足以证明你是专业人士,北大学位证书都无须掏出来;社会约定,做啥事都可以给你试三次,到了第三次还不行,那就打住吧。

比如一问"三不知",那基本可以判定是个"傻蛋";"三打祝家庄"还拿不下,那就只能歇菜了。

民间节庆活动也往往配合"三"这个数字,小儿出生后要"洗三",女子在出嫁后也要"过三朝",主要活动内容是下厨房做菜。一来表示新媳妇从今以后要尽心侍奉公婆,二来也是对新媳妇的一个考验,看她是否有能力料理家务。

洗手作羹汤

洗手,说明唐代贵族人家或中产家庭已经具备清洁卫生的概念。唐代官员有休沐制度,官员带头讲卫生。唐代长安城普遍修建了排水沟,以保持城市卫生。

这个新媳妇先洗了手再做汤,这是餐饮操作不可缺少的步骤,说明有实践经验,还显得郑重其事,有仪式感。

未谙姑食性,先遣小姑尝。

首先要说明一下,"未谙姑食性"中的"姑"指的是婆婆。在古代,"舅姑"常常用来指称公公婆婆。这种称呼有来历,起源早。

古人很早就认识到同姓通婚,后代容易出现各种疾病,因为早期氏族人数不多，范围不大，如果同姓通婚，很容易带来像唐氏综合征这样的婴儿，因此严格禁止在本氏族内部通婚，不论男女必须与外氏族通婚。

但可以选择的氏族也不多，长久下来，构成了一个习惯性婚姻圈，往往同部落的两个氏族世代互为婚姻。两个通婚的氏族彼此嫁女，实际上是姑舅结亲：女方的公公正是母亲的兄弟辈，所以应该称"舅"；女方的婆婆正是父亲的姊妹辈，所以应该称"姑"，这样一来，公公与舅舅、婆婆与姑姑就"合二为一"了。比如贾政原是林黛玉的舅舅，林黛玉若是和贾宝玉成了亲，贾政就成了林黛玉的公公。

四

新媳妇在娘家已经养成了自己的生活习惯，一朝嫁作他人妇，就要重新审视这些习惯是否与新环境适应，在融合的过程中，大都是新媳妇做出让步与改变，因为你是外来户，你是新移民，你得嫁鸡随鸡，入乡随俗。再说，婆婆当年也做过媳妇，已经做过让步了，熬了这么多年才做婆婆，你要她再让步，也说不过去啊。

当然，新媳妇即使想改变生活习惯，也不是那么容易，比如眼前这简单一顿饭的操作就有许多学问，婆婆喜爱什么样的饭菜，对她来说心里还是没数。

粗心的媳妇也许会跟着感觉走,自作主张。如四川妹子无辣不欢,嫁到江南,第一天先给公婆上个鸳鸯火锅麻辣烫,自以为做了一手好菜,还体贴了公婆的感情,但公婆吃起来却四眼泪汪汪,你以为他们是高兴激动,其实是辣得说不出话来。

因此,眼前这位聪慧的媳妇,考虑就深入了一步,她想事先掌握婆婆的口味,要让第一回上桌的菜,赢得婆母的欢心。其实,这个聪明、细心,甚至带点狡黠的新嫁娘,已经想好了招数:"未谙姑食性,先遣小姑尝。"

小姑子就是家庭小公主,人与人之间有天然的同理同情的一面,有时,也有兔死狐不悲的弱点,关键看你怎么处理。小姑子在家里总是骄横刁蛮的,处理好与小姑的关系,就是买通了门卫。在旧时代,妇女是受欺压的群体,只有两个时段是下层中的上层,一个是媳妇熬成婆以后;另外一个阶段是女子未出嫁的时候,也就是小姑子时期,小姑子是婆婆的小棉袄,也是媳妇眼里的黄马褂。

为何是求小姑子指点而不是请她的丈夫来相助呢?诗人朱庆余也写过一位巧媳妇新嫁娘,在初次拜见公婆之前,请丈夫帮助瞄一眼自己的妆扮是否讨得公婆喜欢,结果成功通过面试。

那么,这个媳妇为什么不让丈夫尝一尝呢?这大概有多重原因,一是古代结婚早,有些成婚时男子才十六七岁,还是个孩子呢,加之古代提倡君子远庖厨,除了穷苦人家,男孩子下厨房的不多，丈夫未必知道妈妈的口味。

另外，新媳妇也不可能拉着新婚丈夫到厨房以舌试菜，这不合规矩，若是公婆知道了会不高兴。但是小姑子就不一样了，她是婆婆的小棉袄，不仅了解公婆的口味，自己也时常出入厨房。

所以这看似简单的"试菜"却反映了新嫁娘的机智。这应该是唐诗里最有情商的新娘子了，通过小姑子来了解、讨好婆婆。

五

旧社会的婆媳关系，堪称天下第一烂尾工程，这个工程很少有能圆满收宫的。从《孔雀东南飞》里的刘兰芝，到南宋著名诗人陆游的表妹妻子唐琬，都曾因婆媳矛盾而产生爱情悲剧。

过去，把媳妇分为两种，一种叫作会做媳妇的女子，一种是不会做媳妇的女子，所谓会做媳妇的女子就是能逆来顺受，能处理好婆媳关系。在讲究三从四德的封建社会，媳妇大多处于弱势地位，白居易就曾感慨"人生莫作妇人身，百年苦乐由他人"。表达了对弱势女子的同情，充满人道主义精神。

这个媳妇算得上会做媳妇，因为她不仅乖，而且巧，有智慧，以人情为基础来化解回避不了的矛盾，在这场家庭喜剧中，新媳妇使用了多种民间智慧：嫁鸡随鸡、退避三舍、远交近攻、抛砖引玉、围魏救赵、以心换心、浑水摸鱼……

王建这首诗相当于一个生活小品,以细节反映生活,短短一首诗,却成了活化石,保留了活在唐诗里的婆媳关系。诗作简练而富有情趣,深得五绝之奥妙,正如《唐诗别裁》评价"诗至真处,一字不可移易"。

唐诗中的放牛娃、牛仔与牧童

放牛娃、牛郎、牧童这几个名词都是指放牛的青少年,但人物形象和文化寓意在诗歌中有比较大的区别。

放牛娃

放牛娃,来自草根,与勤劳、早熟,吃苦耐劳相关联,主要的联想关切是,这孩子可能没有原生的爹娘,有个后娘,和白雪公主的那位后妈是亲姐妹,一样的德行,常常在吃饭的钟点就把放牛娃赶出来;或者有个可恶的嫂子,哥哥护不了自己,还跟着嫂子一起冷暴力自己。你可以想象放牛娃在水涯边、山坡上,一边嚼着茅根,一边唱着"有妈的孩子是个宝",泪水止不住地往下流。

牛郎

汉语中还有牛郎一词,这个词比较特殊,牛郎应当不是少年,而是血气方刚、已经成熟的青年。所以,传统故事中牛郎是个一边放牛,一边懒洋洋地躺在山坡上,做梦娶媳妇的傻大小子。当然,牛郎对自己的地位也是有自知之明的,他不会幻想娶个城里的摩登女郎,他想娶个勤劳持家、"你耕田来我织布"的那种劳动模范型女子。古代神话很早就有了牛郎织女相亲相爱的故事,后来,还为他们配置了天上的星座,只是两人工作地点相隔远了一些,属于异地恋,但他们依然兢兢业业,把工作放在第一位,被天上神仙一致推举为模范星座。

也有人批评我们民间故事《牛郎织女》中的牛郎不是文明青年,把人家的衣服抱走,青少年千万不可学习。这话也有道理,本来就是成人故事,小孩子知道这是个神话故事就行了,不必深究。

田园诗中的牧童

牧童这个词,虽然意思和放牛娃差不多,但它自带的文雅语气和有腔调的做派,就是让人觉得不一样,是挺有文化的孩子。

牧童出现在诗歌中,大多是少年老成的形象,即使披着蓑衣,也一眼能看出是个文质彬彬、有文化、爱读"少年国学"的儿童。

牧童和放牛娃、羊倌不一样,牧童大都是南方儿童,如果是给自己家放牛,那家庭出身应属于富农或中农,饭还是能吃饱的;如果是给地主老财家放牛,主人也应该是个比较开明的绅士，不但给你吃饭，也鼓励你读书，比如王冕遇到的那位东家。

当然，我们也不要被旧时代文人编的故事蒙蔽了眼睛，从前的地主剥削劳动人民心狠手辣，王冕是好运气，他碰上个好财主。

总之，牧童是古典的、文雅的、书卷的，不需要我们关心牧童是否能吃饱，有没有被老牛欺负过，与牧童相关的联想就是吹短笛的牧童，和"歌声震林樾"的牧童。大凡用"牧童"二字，就会让人想到那美好的田园风光。

诗歌中的牧童形象是有变化的，这种变化是在唐宋时期逐步完成的。

大致来说，唐代前期，诗人笔下的牧童是真实农村生活的一种点缀。如盛唐诗人王维写的《淇上田园即事》："牧童望村去，猎犬随人还。"写的是乡居所见，虽然有理想化的痕迹，但还是自然乡村画面的一种配置。

同时代的诗人储光羲的《牧童词》记录的是更为真实的生活："圆笠覆我首，长蓑披我襟。方将忧暑雨，亦以惧寒阴。大牛隐层坂，小牛穿近林。"还有中唐诗人张籍的《牧童词》持续了这种写实风格："远牧牛，绕村四面禾黍稠。陂中饥乌啄牛背，令我不得戏垄头。入陂草多牛散行，白犊时向芦中鸣。隔堤吹叶应同伴，还鼓长鞭三四声。牛牛食草莫相触，官家截尔头上角。"这些都是很真实的农村生活场景。

除了写实的牧童形象，中晚唐开始，有一些文人，特别是诗僧或道士，开始把牧童这个形象符号化、虚拟化。诗中的牧童好像生活在桃花源中，拥有大片草场，拥有青山绿水，他们无是非之心，无名利之念，自由自在，不愁吃喝，"牧童"与真实的人物拉开了距离，成为一个意象化的符号。

由唐到宋，牧童形象进一步智能化，还与渔翁成对出现，一老一小，逐步成了人间智者的象征。

如晚唐江西人卢肇诗中的牧童形象已经隐现高人模样："谁人得似牧童心，牛上横眠秋听深。时复往来吹一曲，何愁南北不知音。"远离喧嚣、自得其乐，这牧童是天生的高人啊！据说晚唐文人道士吕岩，也就是民间传说中"八仙"之一的吕洞宾也写过《牧童》诗："草铺横野六七里，笛弄晚风三四声。归来饱饭黄昏后，不脱蓑衣卧月明。"牧童已经开始被用作有大智慧人物的象征。

宋代黄庭坚有一首《牧童诗》，对这种智慧牧童生活模式的启示说得就更明白了："骑牛远远过前村，短笛横吹隔陇闻。多少长安名利客，机关用尽不如君。"这首诗借题发挥，拉出争名逐利、机关算尽的大城市"长安客"与悠然自得的农村牧童相比，表露出作者追求天真无污染牧童心态的意趣。

唐代杜牧有一首《清明》诗：

　　清明时节雨纷纷，路上行人欲断魂。
　　借问酒家何处有？牧童遥指杏花村。

关于这首诗之真伪,有很多争议。纯粹从欣赏的角度看,诗中牧童形象已经接近智者的形象。你看,雨下得很大,否则路上行人不会有"断魂"这样的反应。在这种大雨中,牧童不去茅舍驿亭躲雨,却像交警一样,坚守在雨地里,给可能的问路人指明方向,而且给的路标也比较朦胧神奇,"遥指"就是大致给个方向,能不能找到就看你的造化了;"杏花村",富有诗意,就在那杏花盛开的地方,啥都有,包括你想喝的美酒,你只管去,幸运的人都会找到远方的幸福。

总之,《清明》诗中那个"遥指杏花村"的牧童,是个有趣聪明的儿童,也是个神神叨叨的牧童,一定不是真实生活中面黄肌瘦、食不果腹、傻乎乎的农村放牛娃。纯从鉴赏的角度出发,这种比较老成,能指点迷津,天生自带高明的牧童形象应当是宋代才被普遍接受的牧童形象。所以,我还是认为,这首诗可能是宋人托名杜牧写的,当然,这仅仅是一面之词。